KB070326

책 한번 써봅시다

책 한번 써봅시다

장강명 글 **이내** 그림

예비작가를 위한 **책 쓰기의 모든 것**

한겨레출판

차례

1 책 쓰기는 혁명이다!
책이 중심에 있는 사회

히키타 사토시의 《즐거운 자전거 생활》이라는 책을 행복한 기분으로 읽었다. 방송 프로듀서인 저자는 자신이 자전거 전문가도 레이서도 아니지만 자전거의 즐거움만큼은 남들보다 많이 안다며 이렇게 썼다. "모든 분들이 자전거를 타는 즐거움과 감동을 느끼고, 자전거가 우리 사회에 아주 이롭다는 것을 알아준다면 정말로 좋겠다."

이 책에는 초심자에게 유용한 조언들이 가득하다. 오른쪽 브레이크와 왼쪽 브레이크가 어떻게 다른지, 버스나 스쿠터가 옆에 있으면 어떻게 피하는 게 좋은지, 도난을 방지하기 위한 방법은 어떤 게 있는지 등등.

그런 팁도 좋았지만 나는 무엇보다 저자의 비전에 감탄했다. 히키타는 21세기를 헤쳐나갈 희망은 자전거에 있다고 단언한다. 그는 자전거는 우리의 마지막 교통수단이며, 자전거를 타서 환경을 살리고 인간성을 회복하자고, '자전거를 가운데 핵(核)에 둔 어떤 사회'를 만들자고 주장한다.

《즐거운 자전거 생활》 후기에는 저자와 편집자가 책을 쓰게 된 과정이 나와 있다. 편집자 역시 저자 못지않은 자전거광인 모양이다. 편집자는 저자와 술을 마시면서 "자전거는 혁명이다, 당신은 이 혁명을 이끌 책을 꼭 써야 한다, 인간과 미래를 위해"라고 말했다고 한다.

발명된 지 200년도 넘은 자전거가 혁명이고, 미래는 자전거의 세상이라니, 황당하다면 황당한 소리다. 그런데 나는 이 대목을 읽으며 울컥했다. 조금 과장하자면 이 책 후기를 읽다가 '미래란 무엇인가'에 대한 생각을 바꾸게 됐다.

미래는 저절로 다가오는 것이 아니다. 미래는 우리가 선택하고 만드는 것이다. '자전거가 중심이 되는 사회'를 바라고 준비한다면 그런 미래가 온다. 쉽지는 않겠지만.

자전거가 핵에 있는 사회는 도시 시스템 자체가 지

금과 달라야 한다. 자전거 전용도로와 주차장을 늘리고 법규를 손질하는 정도로 만들 수 있는 사회가 아니다. 직장과 집의 거리가 가까워져야 하고, 도시의 크기가 줄어들어야 한다. 중심업무지구, 거대 공장, 중앙집중식 정부, 교외 주택가와 거기에서 또 떨어진 대형 학교라는 공간구조는 자전거와 맞지 않는다.

자전거는 보다 작고 평평한 소도시 중심의 국토계획과 어울린다. 자전거가 중심에 있는 세상에서 사람들은 지금보다 더 많이 몸을 움직이겠지만 활동 반경은 줄어들 것이고 움직이는 속도도 느려질 것이다. 그런 삶을 전제해야만 자전거 중심 사회를 설계할 수 있다. 그 사회는 이동의 효율보다는 품질을 따진다.

플라톤도 공자도 인터넷이 뭔지 몰랐다

《즐거운 자전거 생활》후기를 읽으며, 나는 '책이 중심에 있는 사회'를 상상했다.

책이 중심에 있는 사회라니, 자전거가 중심에 있는 사회만큼이나 허황되게 들리긴 한다. 현대인은 머리도 몸도 쓰기 귀찮아하고 점점 더 인내심이 없어진다. 가만히 놔두면 과학기술은 사람이 두뇌나 근육을 혹사시키기보다는 감각을 만족시키는 방향으로 발전할 것이다. 운전에 신경을 쓸 필요 없는 무인 자동차, 연료비가 더 싼 전기자동차나 수소자동차가 나타나 인기를 얻고, 그런 이동 수단이 우리의 도시를, 마침내는 우리 삶을 재설계할 것이다. 우리는 점점 더 배부른 돼지가 될 것이다. 가만히 놔두면.

지식의 전파와 의사소통이라는 부문에서도 마찬가지 일들이 일어나고 있다. 우리는 사건의 얽히고설킨 배경과 이면을 이해하는 데 에너지를 들이고 싶어 하지 않는다. 짧고 명쾌한 설명과 즉각적인 즐거움을 원한다. 책 한 권은 고사하고 다소 긴 탐사보도 기사조차 읽기 버거워한다. 그래서 카드뉴스와 인공지능의 기사 요약 서비스가 나왔다. 그마저도 동영상으로 넘어가는 추세다. 이제 곧 5분짜리, 아니 50초짜리 핵심 요약 동영상들이 글자를 대체할 것이다. 가만히 놔두면.

그런 '스낵 정보'들은 여러 사연을 생략하고, 복잡한 이해관계를 단순화한다. 스낵 정보가 지배하는 사회에서는 이분법적인 사고가 횡행하고 음모론과 반지성주의가 퍼지기도 쉽다. 어떤 정보가 궤변인지 아닌지, 그 정보를 어느 정도 중요성으로 받아들여야 하는지를 판단하려면 머릿속에 지식의 구조와 맥락이 먼저 있어야 한다. 그런데 제대로 된 지식의 구조는 스낵 정보들만으로는 만들 수 없다.

책이 중심에 있는 사회는 단순히 책을 많이 읽는 사회를 말하는 게 아니다. 인문고전 스터디가 많은 사회를 얘기하는 것도 아니다. 고대 그리스와 중국의 철학자들은 탁월한 통찰이 담긴 글을 남겼지만, 거기에 지금 우리들의 문제와 해답이 전부 담겨 있을 순 없다. 플라톤도 공자도 인터넷이 뭔지 몰랐다.

내가 상상하는 책 중심 사회는 책이 의사소통의 핵심 매체가 되는 사회다. 많은 저자들이 '지금, 여기'의 문제에 대해 책을 쓰고, 사람들이 그걸 읽고, 그 책의 의견을 보완하거나 거기에 반박하기 위해 다시 책을 쓰는 사회다. 이 사회에서는 포털뉴스 댓글창, 국민청원 게시판, 트위터, 나무위키가 아니라 책을 통해 의견을 나눈다. 이 사회는 생각이 퍼지는 속도보다는 생각의 깊이와 질을 따진다.

저자가 더 많아져야 한다

최근 김민섭 작가의《대리사회》, 허혁 작가의《나는 그 냥 버스기사입니다》, 장신모 작가의《나는 여경이 아 니라 경찰관입니다》를 감명 깊게 읽었다. 각각 대리기 사, 버스기사, 경찰관으로 일한 저자가 자기 일에 대해, 그 보람과 고통에 대해 진솔하게 쓴 에세이다. 나는 이 책들을 읽고서야 대리기사들이 어떻게 집으로 돌아가 는지, 버스기사들이 왜 그렇게 퉁명스러운지, 일선 경 찰관들이 얼마나 수시로 갖은 모욕을 당하는지 알게 됐다.

그런 정보는《금강경》이나《순수이성비판》에 담긴 심오한 지혜에 비하면 유통기간이 짧고 반론의 여지가 많을지도 모른다. 그러나 이 책들은 저자의 경험과 해 법을 둘러싼 고민을 가장 직접적으로, 정확하고 생생하 게 내게 전달해줬다. 사실 책은 한 사람이 공들여 가다 듬은 생각을 가장 효과적으로 전달하는 매체다. 말은 글처럼 고쳐가며 제련할 수 없고, 시간의 제약을 받으 며, 표정이나 목소리 같은 비언어적 요소들과 섞인다.

모든 책에 다 길고 깊고 복잡한 사유가 담겨 있지는 않다. 그러나 현재 그런 사유를 다른 사람에게 제대로 전할 수 있는 유일한 매체는 책이다.

한 권의 책을 읽은 독자는 그 책이 말하고자 하는 바가 여러 가지 소주제들을 품고 있으며 다른 주제들과 연관돼 있음을 이해한다. 책이 중심이 되는 사회에서 저자와 독자들은 세상이 구호만으로는 바뀌지 않는다는 사실을 알고, 지루하고 덜 통쾌한 연구와 토론을 참고 받아들인다. 책 중심 사회는 정치, 사회, 언론, 교육 시스템이 지금과는 완전히 다른 모습일 것이다. 동시에 정치, 사회, 언론, 교육 시스템이 지금과 완전히 달라져야 책 중심 사회를 이룰 수 있을 것이다.

나도 안다. 지금으로서는 막연하고 허점 많은 공상이다. 나는 그 사회가 어떤 모습일지 대강이나마 청사진을 그려내 보일 능력도 없다. 언덕이 많고 비바람이 자주 치는 도시와 자전거가 어울리지 않듯, 책이라는 느린 매체로는 풀기 어려운 급박한 과제와 당면한 위기들이 있다. 지체장애가 있어서 자전거를 탈 수 없는 사람이 있듯, 특수한 언어장애 때문에 책을 읽을 수 없는 사람도 있다.

그렇다면 책 중심 사회는 도저히 실현 불가능한 헛소리일까? 이루기 어려우니 그쪽으로 방향을 잡을 이유조차 없는 건가? 우리의 미래는 자전거와 책을 버리고 무인 자동차 안에서 최신 유튜브 영상을 감상하는 것인가? 그렇게 고정된 것인가?

아니라고 믿고 싶다. 저항하고 싶다. 그래서 이 글을 쓴다. 자전거 중심 사회를 이루려면 먼저 자전거를 타는 사람이 많아져야 하고, 책 중심 사회를 이루려면 저자들이 더 많아져야 한다고 믿기에. 바다를 메우겠다며 조약돌을 던지는 것 같다는 생각도 들지만, 그래도 이게 지금 내가 할 수 있는 일인 것 같다. 내가 아는 몇 가지 사소한 팁을 소개하고 싶다.

아이슬란드에서는 책을 한 권 이상 출간한 사람이 전체 인구의 10퍼센트나 된다고 한다. 이 나라의 인구는 32만 명쯤 된다. 아이슬란드 사람들은 정보를 TV보다 책으로 얻기를 좋아하고, 그래서 아이슬란드 경제위기에 대한 의회의 특별조사위원회 보고서가 출간 즉시 베스트셀러가 되었다고 한다. 이 보고서는 2000쪽이 넘는 벽돌책인데도.

우리라고 못 할 것 없지 않은가.

많은 분들이 책을 쓰는 즐거움과 감동을 느끼고, 책 쓰기가 우리 사회에 아주 이롭다는 것을 알아준다면 정말로 좋겠다.

P. S.

내가 저자로서 일류 레이서라고 할 수준은 못 된다. 그래도 넘어지지 않고 두발자전거를 탈 줄 아는 정도는 될 것 같다. 지금까지 열 권 이상의 단행본을 출간했고, 그중에는 장편소설, 소설집, 에세이, 논픽션이 있다. 내가 출판기획자가 되어 여러 사람의 필자를 모아 책을 낸 적도 있고, 다른 사람의 기획안을 출판사 이곳저곳에 보내 책으로 나오게 한 경험도 있다.

이 책의 목표도 고도로 전문적인 레이싱 기술을 전수하는 데 있지는 않다. 내가 이 책에서 하려는 일은 우선 '자전거를 타는 일은 정말 재미있다, 당신도 탈 수 있다'고 부추기고, 독자들이 창고에 있는 자전거를 끌고 공원으로 나가게 하는 것이다. 그런 다음 오른쪽 브레이크와 왼쪽 브레이크가 어떻게 다른지 같은 사소한 지식을 몇 가지 전달하려 한다. 사실 그런 역할은 전문 레이서보다 동네 형이 더 잘할지도 모르겠다.

「쓰기는 나의 사고를 단련시켜준다.」

2

한 주제로 200자 원고지
600장을 쓰라

작가가 된다는 것, 책을 쓴다는 것

'사람은 언제 작가가 되는 걸까요'라는 질문을 받고 고민한 적이 있다. 이 질문을 '작가 지망생은 언제 작가가 되는 걸까'로 바꾸면 문제가 꽤 복잡해진다.

어떤 사람들은 등단을 기준으로 삼는다. 운전면허시험을 통과하면 자동차를 몰아도 되는 것처럼, 신춘문예 같은 문학공모전에 당선되거나 문예지에 글을 실으면 작가로 활동할 수 있다는 얘기다. 그러면 문학공모전을 거치지 않고 문예지에 원고를 실은 것도 아니지만 책을 내고 글을 쓰는 문인들은 작가가 아닌 걸까?

등단은 작가의 기준이 아니며, 문학공모전은 한국 출판사들이 운영하는 작가 발굴 방식이지 면허나 인증

제도는 될 수 없다. 사실 등단이 뭔지, 어떤 문예지나 공모전이 그 요건에 들어맞고 어떤 잡지나 공모전은 그러지 않는지에 대해 명확히 설명할 수 있는 사람도 없다.

반대편에는 '한 문장이라도 글을 썼다면 이미 작가'라고 하는 사람도 있다. 용기를 주는 구호이기는 하지만, 별 의미는 없는 말이다. 그런 주장을 하는 이도 '한 문장만 쓰면 이미 작가니까 그 이상은 노력하지 않아도 된다'는 얘기를 하는 건 아니리라.

작가가 아닌 상태가 있고, 작가인 상태가 있다. 그 사이에 회색지대가 있는데, 그 지대에 있는 사람에게는 구체적인 목표가 필요하다.

문학공모전 당선은 좋기도 하고 나쁘기도 한 목표다. 출판사에 무작정 투고하는 일에 비하면 당선이건 낙선이건 응답이 확실하고, 심사도 적어도 절차적인 면에서는 공정하다. 당선되면 상금도 받고 일정 수준의 독자도 확보할 수 있다(그 수가 많지는 않다). 하지만 너무 바늘구멍이다. 또 심사위원 취향이나 구성, 우연 같은 요소에 영향을 크게 받으며, 대상으로 삼는 글의 영역도 폭이 좁다.

산문작가를 꿈꾸는 분들께 내가 제안하는 목표는 '한 주제로 200자 원고지 600매 쓰기'다. 200자 원고지

600매는 얇은 단행본 한 권을 만드는 데 필요한 분량이다. 예전에는 단행본 한 권에 필요한 원고 분량을 200자 원고지 1000매 정도로 봤는데 점점 책이 얇아져서 요즘은 600매 남짓이라도 그리 어색하지 않은 것 같다. 흔글 워드프로세서에서는 Ctrl, Q, I 자판을 함께 누르면 작성 중인 문서가 200자 원고지로 몇 매인지 계산해준다.

작가가 아니라 저자를 목표로 삼으라

그렇게 한 주제로 600매 분량의 원고를 쓴 뒤 지인에게 보여주자. 원고지 100매 분량의 단편소설이라면 여섯 편을, 원고지 30매 분량의 에세이라면 스무 편을 쓰라는 말이다. 하나의 제목 아래 있어도 어색하지 않을 정도의 글들이어야 한다. 실용서도 마찬가지다. 제본 방식은 자유이고 전자문서 형태라도 좋지만, 보는 사람이 그걸 한 권의 책이라고 인정할 정도로 완결된 형태로 만들기 바란다. 그리고 무엇이든 반응을 들어보라.

주관적인 기준이기는 하지만, 이를 해낸 사람이라면 작가 지망생과 작가를 가르는 흐릿한 선을 넘어섰다고 자부해도 좋다고 나는 생각한다. 독립출판으로 책을 냈어도 괜찮고 아직 출간을 못 했어도 관계없다. 반대로 어떤 단편소설 한 편이 신춘문예에 운 좋게 당선됐다 하더라도, 아직 책 한 권 분량이 될 정도로 글을 쓰지 못했다면 그 선을 넘지 못했다고 나는 간주한다.

다시 말해 '작가'가 아니라 '저자'를 목표로 삼으라는 게 내 조언이다. 저자를 목표로 삼으면 무엇을 연습해야 할지를 구체적으로 파악하게 된다.

많은 사람들이 작가의 작업에 대해 책상에 엉덩이를 붙이고 앉아 글을 쓰는 것이라고, 한 문장을 쓰고 다음 문장을 쓰고 또 다음 문장을 쓰는 일을 반복하다 보면 작가가 될 수 있다고 오해한다. 그것은 다른 훈련 없이 슈팅 연습만 계속했더니 축구선수가 됐다거나, 부품을 하나하나 이어 붙였더니 어느새 비행기가 조립돼 있더라는 얘기나 다름없다.

작가의 일에는 주변을 둘러보고 무엇을 쓸지 고민하는 것이 포함된다. 소설이든 에세이든 실용서든 마찬가지다. 이런 기획력 역시 훈련해서 길러야 한다. 반응하는 글(때로 배설하는 글)과 기획하는 글은 다르다. 그 차이를 느껴봐야 한다. 에세이 열아홉 편의 글감은 있는데 추가로 써야 하는 한 편의 아이디어가 떠오르지 않아 속을 썩이는 경험을 해봐야 한다.

책은 단순히 문장의 모음이 아니기에, 들어가는 노력이 매 문장마다 다르다. 그러다 보면 '한 문장을 쓰고 다음 문장을 쓴다'는 행위가 막히는 지점이 온다. 이 지점을 넘는 경험도 해봐야 한다. 원고지 30매 분량의 글은 막힘없이 뚝딱 써낼 수 있을지도 모른다. 필력이 대단하거나 운이 엄청나게 좋다면 원고지 100매짜리 글도 술술 쓸 수 있을지 모르겠다. 그러나 원고지 600매는 불가능하다.

자신이 쓴 글을 시간이 지나 다시 살피면서 어느 부분이 부족한지 점검하는 것, 그러다 때로 창피해서 얼굴이 화끈해지는 것, 가끔은 '나 글 진짜 못 쓰는구나'라고 자학하는 것도 작가의 일이다. 수치심을 무릅쓰고 자기 글을 다른 사람에게 보여준 뒤 피드백을 받아봐야 한다. 처음에는 그 사람이 칭찬 외에 다른 말을 한 마디만 하면 화가 부글부글 끓어오를 것이다. 그 단계도 넘어야 한다. 이 모든 과정이 '한 문장을 쓰고 다음 문장을 쓰는 작업'과 긴밀히 엮이고 서로 영향을 주고받는다.

성장과 변화 없이 쓴 책은 책이 아니다

어떤 의미에서는 책을 내고 저자가 되는 방법은 쉽다면 쉽고 간단하다면 간단하다. 인터넷으로 검색해보면 자비출판 전문 출판사들을 금방 찾을 수 있다. 수백만 원 정도면 책 한 권을 내고 작가라는 이름을 얻을 수 있다. 오늘 저녁 친구들을 불러서 술을 마시면서 밤새워 떠들고, 그 내용을 녹음해서 속기 사무소에 보내서 녹취록을 받아, 그 녹취록을 자비출판 전문 출판사에 보내 《나의 개똥철학》이라는 제목으로 책을 만들어 도서관과 서점에 배포하는 것도 가능하다. 국제표준도서번호(ISBN)를 얻거나 국립중앙도서관에 납품하는 일도 어렵지 않다. 고급스러운 표지와 디자인을 원한다면 비용을 더 지불하면 된다.

물론 나는 그런 방법을 권하지 않는다. 이건 마치 두발자전거를 탈 수 있게 해주는 게 아니라 포토샵으로 보조 바퀴를 쓱쓱 지워 두발자전거를 타고 있는 사진을 만들어주겠다는 제안과 같다.

자비출판사를 찾는 심정은 이해한다. 책을 사랑하는 많은 사람들이 작가라는 직함을 부러워한다. 작가가 되려는 이유에 그런 허영이 상당 부분을 차지한다고 해도 부끄러워할 일은 아니라고 생각한다. 나 역시 그랬다. 아니, 작가들이야말로 바로 그런 허영심 덩어리들이다. 책을 좋아하는 사람은 자연스럽게 작가라는 직업에 선망을 품고, 그중 몇 사람이 실제로 작가가 된다. '작가가 되고 싶다, 되고야 말겠다'는 마음이 어떤 고비를 넘게 해주기도 한다.

태권도를 좋아하는 아이가 검은띠를 부러워하는 건 흉잡힐 일이 조금도 아니다. 그러나 아이가 검은띠를 몰래 허리에 두른다고 해서 저절로 검은띠가 되는 것은 아니다. 마찬가지로 어떤 사람이 저자가 되려면 어떤 수준의 단련이 필요하고, 그 자신이 변화해야 한다. 책을 쓰면서 그는 서서히 변해간다. 수련자에서 무도인으로.

책을 쓰는 과정은 사람의 사고를 성장시킨다. 페이스북에 올릴 게시물을 쓰는 일과 책 집필은 다르다. 한 주제에 대해 긴 글을 쓰려면 집중력과 인내력이 필요하고, 다방면에서 검토해야 할 사항들이 생긴다. 저자가 되려는 사람은 자신이 말하려는 주제를 종합적으로 살피게 되며, 자기가 던지려는 메시지에 대해 다른 사람이 어떻게 비판할지를 예상하고, 그에 대한 재반박을 준비하게 된다. 그 과정에서 처음의 주장이나 자기 자신 역시 다른 시선으로 보게 된다. 작가가 된다는 것은 그런 성장과 변화를 의미한다.

그런 성장과 변화 없이 발간되는 인쇄물은 이 에세이에서 내가 말하는 '책'에는 해당하지 않는다. 인스타그램의 예쁜 사진들을 모은 화보집이 쏟아져 나오고, 그런 책이 베스트셀러도 되는 시대에 이런 구분이 고루하게 들릴 수도 있겠다. 그런 책들도 팬시상품으로서 역할을 하며, 팬시상품을 만들거나 사는 게 비난받을 일은 아니라고 생각한다. 하지만 그런 책들은 기획-제작-판매가 팬시상품 시장의 논리를 따르기에, 그런 책을 만들려는 분들께 앞으로 내가 하려는 이야기들은 별 도움이 되지 않을 것이다.

인터넷서점에서 '책 쓰기'라는 단어로 검색해보면 수백 권의 책이 나온다. 내용도 실로 다양해서, 아예 출판사에 원고를 보내는 법만 다루는 책이 있을 정도다. 이 수백 권의 책들은 실로 자세하고 다양하게 조언한다. 베스트셀러가 되는 제목을 짓는 법, 부제를 짓는 법, 첫 문장 쓰는 법, 본문을 쓰며 지켜야 할 다섯 가지 원칙이나 일곱 가지 규칙 혹은 십계명, 저자 소개와 후기 쓰는 법, 제본하는 법, 출판사 목록과 투고 메일 주소, 출판사와 계약할 때 주의점, 출판사의 구조와 출판 프로세스, 좋은 편집자를 가늠하는 법, 표지 카피의 중요성, 자기 책을 브랜딩하는 법, 서점 매대 관리법, 입소문을 일으키는 법, 신문사에 기삿거리를 제공하거나 무료 강의를 활용하는 법, 저작권 기부 운동 등등.

다 유용한 참고 사항이기는 하지만 아무래도 너무 세부적이고 사소하다는 생각이 든다. 출판 시장과 마케팅 환경도 격변하고 있어서 이미 유효기간이 지나버린 조언도 있고, 너무 상식적이어서 별 도움이 안 되는 말도 섞여 있다. 자전거 타기를 가르쳐주겠다면서 연습하기 좋은 공원의 조건을 길게 열거하는 모습을 보는 기분이랄까. 자전거는 적당히 평평하고 사람 적은 가까운 공터에 가서 연습하면 된다.

나는 이 책에서 '하나의 테마로 200자 원고지 600매를 쓰는 일'에 대해 집중하려 한다. 그게 훨씬 더 본질적인 문제라고 믿기 때문이다. 이에 비하면 출력 원고를 스프링으로 제본하느냐 끈으로 묶느냐, 출판사에 어떤 제목으로 기획안을 보내느냐는 그리 중요한 문제는 아니다.

P. S.

《책 한번 써봅시다》 원고는 200자 원고지로 710매 분량이다.

3 그 욕망은 별난 게 아니다, 본능이다

쓰기, 재능 없어도 됩니다

사람들이 책으로 소통하는 사회, 책을 쓰면서 변하는 삶은 물론 멋지지만, 그것뿐이라면 책 쓰기를 이렇게 열을 내어 권하지는 않을 것이다. 나는 이 점을 강조하고 싶다. 책 쓰기는 아주 독특한 충족감을 준다. 사실 나는 책 쓰기를 비롯한 창작 행위가 인간의 본능이라고 믿는다.

사람이 살면서 누릴 수 있는 즐거움은 매우 다양하며, 행복한 삶의 비결은 그 다양한 즐거움을 골고루 누리는 데 있다. 균형 잡힌 식사와 같다. 사람은 우선 여러 가지 신체적 기쁨을 꾸준히 얻어야 하고, 동시에 친밀하고 건강한 대인관계에서 나오는 정서적 안정감도 누려야 한다. 목표를 이루며 성취감을 얻고, 일을 하며 집단에서 인정받고 자신의 쓸모를 확인해야 한다. 때로는 군중집회나 종교 행사에서 자아를 잊고 보다 거대한 무리 속으로 녹아들어가기도 해야 하며, 아름답고 감동적인 서사나 풍경을 접하고 감정이 고양되는 경험도 종종 필요하다.

그런 즐거움들에는 꽤나 뚜렷한 구분이 있어서, 한 범주 안에서는 그럭저럭 대체할 수 있다. 그러나 모든 쾌락들이 교환 가능하지는 않다. 밥 대신 빵을 먹으며 탄수화물을 섭취할 수는 있지만, 밀가루 음식만으로 단백질 부족을 해결하기는 어려운 것과 마찬가지다. 근력 운동으로 상쾌한 기분과 적당한 성취감을 느낄 수 있지만 그게 외로움까지 해결해주지는 않는다.

다행히 현대사회는 그런 즐거움들을 누릴 수 있는 다양한 기회를 제공한다. 어떤 쾌락은 상대적으로 얻기 쉽다. 미식의 기쁨은 대개 시장에서 구매할 수 있다. 세상에는 미각에 장애가 있는 불운한 이들도 있고, 와인이나 송로버섯처럼 값이 비싸고 음미하기 위해 상당한 훈련이 필요한 음식물도 있지만, 일반적으로는 그렇다.

감동적인 서사와 시청각의 스펙터클도 구하기 쉬워졌다. 서점, 도서관, 레코드 가게, 음원 스트리밍 서비스, 극장, 영화관, 오페라하우스, 패키지 여행 상품이 모두 그 해결책에 해당한다. 150년 전까지 훌륭한 음악을 듣기 위해서는 정해진 시간에 공연장을 찾아가는 수밖에 없었다는 사실을 떠올려보자. 이 분야에서 현대인은 얼마나 풍요롭게 살고 있는가.

인간관계는 까다로운 분야다. 많은 이들이 이 문제로 고민한다. 의학, 심리학, 교육학, 뇌과학, 사회학, 때로는 건축이나 도시설계에 이르기까지 많은 학자들의 연구과제다. 그러나 그만큼 역사적, 사회적으로 많은 답안이 제시됐고 지금도 새 방안이 나오고 있다. 마음이 잘 맞는 타인과 유쾌한 친밀감을 얻기 위해 호모사피엔스가 개발한 문화와 기술은 엄청나게 많다. 분위기 좋은 호프집(영양 섭취보다는 사교가 목적인 장소)에서 정기 행사 뒤풀이 모임(사회적 관습)을 열고 맥주(역사가 오랜 향정신성 약물)를 마시며 무해하지만 뻔한 분위기 띄우기용 유머(대화의 기술)에 맞장구를 치는(예의범절) 인터넷 동호회(정보통신기술과 도시 문화의 결합) 회원들을 상상해보라.

큰 집단이나 영성과의 합일감을 느끼는 데 있어서는 오히려 현대인이 선조들보다 서툴다고 말하는 사람도 있다. 하지만 이 분야에서도 어렵지 않게 접근 가능한 해결책들이 있다. 교회 예배와 같은 오래된 의례나 축구 경기 관람 등이다. 거기에 만족하지 못하는 이들을 위한 명상 센터나 레이브 파티도 있다.

레고가 살아남은 이유는?

살면서 맛볼 수 있는 기쁨 중에는 세상에 없던 것을 창조하는 데서 오는 즐거움도 있다. 이 역시 본능적인 것이다. 어린아이들은 바닷가에 데려가면 아무런 보상이 없어도 열심히 모래성을 쌓는다. 상당수 아이들이 그런 창조적인 일을 컴퓨터 게임보다 더 좋아하는 것 같다. 1990년대 가정용, 휴대용 게임기들이 보급되자 많은 전문가들이 레고가 큰 타격을 입을 걸로 내다봤으나 결과는 그 반대였다. 아이들은 '완성된' 레고 작품을 견디지 못한다. 끊임없이 부수고 무언가를 새로 만들어내려 한다.

그런데 이상하게도 이런 창조의 즐거움은 나이가 들수록 누릴 기회가 줄어든다. 어른이 되면 사실상 거의 사라진다. 학교는 학생들에게 뭔가를 새로 만들어내기보다는 짜인 틀 안에서 정해진 경로에 따라 과제를 정확하게 수행하는 일을 가르친다. 예술 전공이 아닌 학생들은 국어, 미술, 음악 시간에 수박 겉핥기로 잠시 창작을 접할 뿐이다.

성인에게 그런 즐거움을 누릴 수 있는 기회를 제공하는 기관이나 서비스업체는 극히 드물다. 악기를 가르치는 곳과 작곡을 가르치는 곳의 수를 비교해보자. 글쓰기의 경우에는 너무 전문적인 기관(대학의 문예창작학과)과 지나치게 초보적인 기관(구청의 글쓰기 교실)이 드문드문 있는 정도다.

문예창작학과든 글쓰기 교실이든 등록할 때에는 주변 눈치를 무척이나 의식하게 된다. 뭔가를 창작하겠다고 나서는 사람에 대해 현대사회는 나쁘게 본다기보다는 신기하게 본다. 남다른 예술혼과 번뜩이는 재능이 있어야 감히 도전할 수 있는 일로 여긴다. 그래서 많은 작가 지망생들이 몰래 쓴다. 더 많은 사람들은 글쓰기 자체를 그냥 포기해버린다. 예비작가들이 문제가 아니라 현대사회가 문제다.

슬픈 일이다. 창작의 즐거움은 매우 독특하고 크기에 한계가 없는 듯하기에 더 그렇다. 음식은 대체로 비쌀수록 맛있지만 창작의 기쁨은 도구의 가격에 별로 좌우되지 않는다. 대인관계에서 얻는 즐거움과 달리 창작은 개인적이고 독립적인 만족감을 준다. 스포츠와 달리 운동신경이 둔해도 괜찮고, 종교처럼 자아를 지우라고 강요하지도 않는다. 온전하고 또렷하게 자신을 드러낸다는 면에서 인간적인 영웅이 되는 길이다. 대단히 평화적이기도 하다.

　머릿속에 품고 있던 구상을 자기 손으로 정확히 현실에 구현하는 순간은 정말이지 짜릿하고 통쾌하다. 기존 작업이나 주변 여건의 영향을 받아 뜻하지 않은 방향으로, 하지만 멋지게 결과물이 나온다면 그것도 재미있다. 들인 시간이 길고 이뤄낸 바의 규모가 클수록 흥분의 강도가 커진다. 몇 달, 길게는 몇 년에 걸친 작업을 마칠 때에는 엄청난 환희와 감격을 느끼게 된다.

창작의 욕망을 억지로 누르면 어떻게 될까

첫 책이 나왔을 때에는 보름 정도는 구름을 걸어 다니는 기분이었다. 종이책이 집으로 와서 처음으로 그 책을 만지는 날도 기쁘고 최종 원고를 교정까지 마쳐 출판사로 보낼 때도 기쁘지만, 내 경우 제일 기쁜 날은 초고를 마치는 날이다. 이때의 성취감은 아주 단단하다.

"이거 대단한 일이지?"라며 다른 사람에게 물어볼 필요가 없다. 대단한 일인 것이다.

책 한 권을 쓰면서 이런 성취감을 작은 규모로 여러 번 느낀다. 진도가 나가지 않던 챕터를 마쳤을 때, 꽤나 마음에 드는 에피소드를 글에 잘 끼워 넣었을 때, 뿌듯하다. 어느 대목에서 막혀서 끙끙 앓다가 그럴싸한 발상이 떠오르면 어려운 퍼즐을 풀거나 바둑에서 묘수를 찾아냈을 때처럼 상쾌하다.

본능적인 욕구들을 채우지 못하면 몸이 신호를 보낸다. 그것이 고통이다. 오랫동안 음식을 먹지 않으면 속이 쓰리고 머리가 어지럽다. 화장실을 억지로 참으면 방광이 아파 온다. 호감 가는 사람과 따뜻하고 우호적인 대화를 며칠씩 하지 못하면 옥시토신 분비량이 줄어들고 어두운 정서에 휩싸인다. 재미있는 영화를 한창 보는데 컴퓨터가 갑자기 꺼져버리면 답답해서 화가 치솟는다. 다 인간의 본성이다.

창작의 욕망을 억지로 누르면 어떻게 될까. 나는 현대사회에 만연한 공허감이 바로 그 결과라고 생각한다. 요즘 한국 사회는 어느 연령대, 어느 세대를 봐도 '내가 여기서 뭘 하는지 모르겠다'는 고민을 하는 사람이 많다. 누구나 부러워하는 직장에 다니고 객관적인 조건

이 나쁘지 않은데도 공허함을 토로하는 젊은이도 있고, 중년에 이르러 허무함을 못 견디겠다며 뒤늦게 일탈하는 이도 있다. 그런 정체성 위기는 자기 인생의 의미, 자신이 만들어내는 일의 가치를 확신하지 못할 때 온다고 생각한다. 인간에게는 '지금 내가 의미 있는 것을 만들어내고 있다'는 감각이 필요하다.

고도로 분업화된 현대사회에서 개인이 그 감각을 얻기는 매우 힘들다. 주어지는 일이 하찮고, 손댈 수 있는 범위가 좁다. 그러니 더 높은 자리에 올라가서 더 많은 권한을 얻는 게 답이라고? 아니다. 그것은 너무 돌아가는 길이고, 어쩌면 목적지로 가는 길이 아닌지도 모른다.

훨씬 더 빠르고 직접적인 해답이 있다. 창작이다. 글을 쓰고 그림을 그리고 노래를 만들자. 공들여서 하자. 빨리 시작하자. 당신은 본능을 채우지 못해 굶주려 있는 상태다. 다 좋지만 그중에서도 책 쓰기에 관심이 있는 분들께는 당장 착수하라고 권하고 싶다. 특별히 뭐 준비할 게 있나? 캔버스? 물감? 악기? 연주실? 종이와 펜만 있으면 된다.

P. S.

나는 매사에 냉소적인 인간이고, 신이나 정의, 휴머니즘에 대해서도 그다지 믿음이 없다. 독서를 제외하면 딱히 취미도 없고, 자식도 없고, 친구도 몇 없고, 사람을 잘 안 만나고, 취향도 변변찮다. 그런데도 다른 사람들에 비해 공허함에 덜 빠지고, 꽤 보람 있게 산다. 나는 그게 내가 대단치는 않을지언정 책을 쓰기 때문이라고 생각한다. 일상에서 맞부딪치는 온갖 소음을 걸러내고 의미를 정제해서 저장하려고 만든 매체가 책이다. 그러니 내가 하는 일이 무의미할 수가 없다.

옛 동료나 지인들 중에 꽤나 건강한 삶을 사는 줄 알았던 이들이 가끔 허무함을 토로할 때면 나는 깜짝 놀라고 만다. 그런 사람들 중에 돌파구로 여행이나 종교 활동이나 동호회, 혹은 다른 시간이 많이 드는 어려운 취미를 선택하는 이도 있다. 물론 다 좋은 일이지만 평소 독서를 좋아하고 자신만의 의견이 있는 분들에게는 꼭 책 쓰기를 권하고 싶다.

4 "나 같은 게 책은 무슨……"이라고요?

글재주 잠재력은 가늠하기 어렵다

'책 한번 써봅시다'라는 말을 하고 다니면 다양한 반박을 듣게 된다. 가장 부드러운 반응은 "저 같은 게 책은 무슨……"이라는 손사래다. 자신은 책을 읽는 건 좋아하지만 쓰는 데에는 정말 소질이 없다고 한다. "글은 재능이 있는 사람이 써야 한다"고 진지하게 주장하는 분들도 많다. 자신도 어렸을 때 글을 쓰려고 해봤지만 주변 사람들이, 혹은 학교의 국어 선생님이나 교수님이 "자네는 글 쓰는 쪽은 아니니 학문을 하게"라고 충고했다고 한다.

조금 더 나아가 "쓰면 뭐 하나요"라고 말하는 이들도 있다. 그 뒤에 "출판도 안 될 텐데"라고 덧붙이는 사람도 있고, "(출간이 되더라도) 읽어주는 사람이 없을 텐데" 하는 사람도 있다. 자기 필력에 내심 자부심이 있다면 "(내가 글을 쓰면 출간도 될 수 있고 읽어주는 사람은 조금 있을 수 있겠지만) 세상에 책이 너무 많아요. 책은 정말 뛰어난 작가만 써야 돼요"라고 말하기도 한다.

이런 분들께 부끄럽지만 내 사례를 이야기하고 싶다. 나는 한겨레문학상을 받으며 정식으로 데뷔했다. 한겨레출판 편집자로부터 수상 소식을 전화로 들은 다음 가장 먼저 한 일은 아내에게 문자메시지를 보낸 것이었다. 아내는 너무 놀라고 흥분해서 오타투성이의 답신을 보내왔다. 우리는 그날 저녁에 밖에서 만나 맥주를 마셨다. 그 자리에서 아내가 고백했다. 내가 소설가로 등단하는 일은 평생 일어나지 않을 줄 알았다고.

"왜 그렇게 생각했어?" 내가 물었다.

"자기가 습작 몇 편 보여줬었잖아. 그런데 내가 보기에는 영 소질이 없어 보였거든. '아, 이 남자는 절대로 소설가는 못 되겠다' 하고 생각했어."

그 말을 듣고 나는 한동안 어이가 없어 아무 대꾸도 못 했다. 물론 아내의 예상과 달리 나는 전업 소설가로 밥벌이를 잘하고 있다. 내 아내가 나만큼이나 다독가이고, 또 눈썰미가 상당히 좋은 독서가라는 점을 여기에 밝혀둔다. 그럼에도 불구하고 내게 책을 쓰는 재능이 있는지 없는지 그녀는 제대로 파악하지 못했다. 원래 어떤 사람에게 글쓰기 소질이 있는지 알아보는 일은 어렵다. 때로는 자기 자신조차 모른다.

소질이 없으니 학문을 하라고?

"자네는 글 쓰는 쪽은 아니니 학문을 하게"라고 말했던 선생님, 교수님들은 상대의 글쓰기 소질을 얼마나 잘 알아봤을까? 한국 학교에서는 학생들에게 고작해야 짧은 에세이와 동시를 짓게 한다. 대학 문예창작학과의 커리큘럼도 대개 시와 단편소설이 중심이다. 그렇게 쓰게 한 글을 보고 한 학생의 글쓰기 자질을 판단할 수 있을까?

그건 학생들에게 100미터 달리기를 시킨 다음에 기록을 보고 "넌 운동은 아닌 것 같다" 하고 말하는 상황과 똑같다. 그런데 단거리달리기를 못하는 아이가 역도를 잘할 수도 있고 100년에 한 번 나올까 말까 한 양궁 신동일 수도 있다.

짧은 글, 그것도 한 시간에 쓰는 에세이로 파악할 수

있는 글쓰기 재능은 얼마 되지 않는다. 약간의 관찰력과 문장력, 순발력 정도일 것이다. 발랄한 글을 쓰는 학생을 발견하기에는 괜찮을지 모른다. 그러나 주제를 파고들어가 논증하는 능력이라든가 여러 인물 간의 갈등을 솜씨 있게 다루고 플롯을 짜는 재능을 그 짧은 글로 파악할 수는 없을 것이다.

'운동감각'이라는 한 단어에 농구, 마라톤, 펜싱, 스키, 피겨스케이팅을 잘할 수 있는 신체조건과 재능을 욱여넣을 수 없다. 세상에 장대높이뛰기와 스모 양쪽에 모두 소질이 있는 사람이 어디에 있단 말인가. 마찬가지로 '글재주'라는 단어가 가리키는 능력도 지극히 추상적이고 불분명하다. 흘끗 훑어보고 그 잠재력의 크기를 가늠할 수 있을 리 없다. 모든 장르의 글을 다 잘 쓸 수 있는 사람도 없다.

"쓰면 뭐 하나요"라는 질문에 대해서도 8년 전 한겨레문학상 당선 소식을 듣던 날 이야기를 이어가고 싶다. "당신이 등단하는 날은 영영 오지 않을 거라 생각했어"라는 아내의 말에 입을 떡 벌렸던 나는 정신을 차리고 겨우 이렇게 물었다.

"그러면 여태까지 왜 그렇게 잘 써보라고, 응원한다고 했던 거야? 내가 재능이 없다고 생각했다면서."

"그게 되게 괜찮아 보이더라고. 자기 취미가 낚시나 골프였으면 밖으로 나다니면서 장비 산다, 강습받는다면서 돈도 많이 썼을 거 아냐. 그런데 남편 취미가 소설 쓰기라니, 얼마나 바람직해. 주말이면 조용히 방에서 노트북 두드리고. 술 마시고 도박하는 게 취미인 것보다 백 배, 천 배 낫지."

나는 다시 말문이 막혔다. 듣고 보니 하도 옳은 말이

라 반박할 수가 없었다. 생각해보니 글쓰기는 아주 좋은 취미였다. 약간의 전기료 외에는 돈도 안 들고, 대단한 장비가 필요한 것도 아니고, 다른 사람과 일정을 맞춰야 하는 것도 아니고, 날씨가 궂은 날에도 할 수 있고, 해롭지도 위험하지도 않다.

"책 써서 뭐 하려고?"라는 질문

우리는 낚시가 취미인 사람에게 "낚시를 뭐 하러 해요? 클릭 몇 번이면 싱싱한 생선을 산지 직송으로 배송받을 수 있는데"라고 따지지 않는다. 골프가 취미인 사람에게 "골프를 뭐 하러 치세요? 프로가 되시기에는 이미 늦었잖아요"라고 묻지 않는다. "프로 골퍼라도 세계 랭킹 100위 밖이면 일반인은 알지도 못하는데요"라고 말하지도 않는다. 정작 낚시나 골프 애호가들은 그런 질문을 받더라도 당당하게 대답할 것이다. "제가 좋아서 하는 건데요"라고. 그 손맛, 그 희열을 느끼기 위해 하는 거라고.

　다른 취미에 대해서도 그렇다. 틈틈이 바둑을 두는 사람, 기타를 치는 지인에게 우리는 그걸 왜 하는지 묻지 않는다. 그냥 바둑을 좋아하는구나, 기타를 좋아하는구나 여길 뿐이다. 직장 동료가 댄스학원에 다닌다고 하면 멋지다고 응원해주지, 언제 아이돌로 데뷔할 건지 궁금해하지 않는다.

그런데 왜 유독 책을 쓰는 일에 대해서는 "그거 써서 뭐 하려고?" 하고 스스로 묻고 "내가 그런다고 베스트셀러 작가가 될 수 있을까?"라며 자기검열에 빠지는 걸까. 그냥 내가 좋아서 쓴다는 이유로는 부족한 걸까. 책 쓰기의 목적이 나 자신이어서는 안 되는 걸까.

책 출간은 자동차 운전과 다르다. 시시한 책을 내도 아무도 다치지 않는다. '자격 있는 사람만 책을 낼 수 있다'는 은근한 분위기는 이미 책을 낸 기성작가들과, 작가를 선망할 뿐 글을 쓰지는 않는 사람들이 함께 만드는 허구다. 당장 서점에 가서 눈으로 확인해보자. 저자 본인을 제외한 다른 사람들에게는 나오거나 안 나오거나 별 상관 없는 책이 신간 코너에 많이 있을 거다. 오늘만 그런 게 아니다. 어제도 그랬고, 내일도 그럴 것이다. 지난 세기에도 그랬다.

물론 현재 한국 출판 생태계에는 이런저런 문제들이 많다. 작가가 되는 길이 너무 좁고, 등단이라는 특이한 제도가 있고, 책 리뷰 매체도 서평 문화도 빈약해서 무명 신인의 좋은 책이 묻히기 쉽다(나는《당선, 합격, 계급》이라는 논픽션에서 이 문제들을 집중적으로 다룬 바 있다).

그러나 눈을 돌리면 다른 분야에서 데뷔하는 일 역시 바늘구멍 통과하기다. 퇴근하고 틈틈이 하루 한두 시간씩 바이올린을 연습해서 전문 연주자가 됐다는 사람을 본 적이 있는가. 취미로 바둑을 두다가 어느 날 한국기원에 가서 입단 대회를 치르고 프로기사가 됐다는 사람은? 주민센터에서 방송 댄스를 배우다가 연예기획사의 눈에 띄어 발탁될 가능성은 있나? 아주 어릴 때부터 하루 종일 10년 가까이 피나게 노력해야 겨우 프로로 데뷔할 수 있는 분야들이 있다.

그런데 작가는 그렇지 않다. 별다른 교육훈련 없이도 밤에 한두 시간씩 혼자 쓰다가 작가가 되는 사람이 있다. 많다. 나도 그중 한 사람이다. 지금 베스트셀러인 책들의 저자들 중에도 그런 작가를 쉽게 확인할 수 있을 거다. 그런 걸 보면 오히려 작가는 아무나 할 수 있다. 바이올린, 바둑, 방송 댄스야말로 아무나 하면 안 된다. 각오가 된 사람만 해야 한다.

미래의 판매량을 미리 고민하지 말고 먼저 쓰자. 편집자와 독자의 눈치를 보지 말고 쓰자. 그들의 반응은 따라잡기 어렵다. 나 자신을 위해, 의미를 만들어내는 기쁨을 위해 쓰자. 글자와 문장, 그리고 다른 누구도 아닌 나의 생각에 집중하자. 그렇게 쓸 때 더 좋은 글이 나온다. 그리고 더 즐겁기도 하다.

P. S.

나는 두발자전거를 중학교 1학년 때 배웠다. 친구들이 다 두발자전거를 타고 돌아다닐 때에도 나는 보조바퀴를 떼지 못했다. 중학생이 보조바퀴를 단 자전거를 탄다는 게 창피해 한동안은 아예 자전거를 거들떠보지도 않았다. 그러다 어느 날 밤, 어머니, 동생과 함께 근처 공원에 가서 두세 시간 만에 두발자전거 타는 법을 익혔다.

인생이 바뀐 밤이었다. 이후 30년 넘게 자전거가 내게 준 기쁨이 어느 정도인지 말도 못 한다. 자전거 타기를 배운 다음 날부터 매일 자전거를 끌고 밖으로 나갔다. 요즘도 일주일에 한두 번은 나가서 자전거를 탄다. 그때마다 다른 어떤 일로도 맛보지 못하는 순수한 즐거움을 만끽한다. 1988년 어느 밤에 자전거를 배울 마음을 먹지 않았다면 그만큼 더 우중충한 인생을 살았을 것이다. 몸이 허락

한다면 30년이고 40년이고 더 자전거를 타며 즐겁게 살고 싶다. 그날 나를 공원으로 끌고 나간 어머니와 동생이 진심으로 고맙다.

5

"이런 책, 나도 쓰겠다" 분노하시는 분들께

써야 하는 사람은 써야 한다

"저도 젊을 때 작가가 되는 게 꿈이었답니다"라고 말하는 어르신들을 종종 만난다. 부모님의 지인인 경우도 있고, 강연을 하러 간 기관의 기관장인 경우도 있고, 언론계 대선배인 경우도 있다. 처음에는 그런 말들이 내게 건네는 덕담인 줄 알았다. 그런데 그런 분들과 차를 홀짝홀짝 마시며 대화를 나누는 자리에서 비슷한 질문들이 되풀이해서 나왔다.

장 작가는 어릴 때부터 글재주가 있다는 얘기를 들었어요? 백일장에서 상도 받으셨나요? 공대 나왔는데 어떻게 작가가 될 생각을 했어요? 글쓰기를 따로 배우셨나요? 회사 다니면서 밤에 혼자 글 쓰는 게 힘들지 않았습니까? 그런 질문들을 받다가 어느 순간 나는 깨달았다. 그분들은 내게 덕담을 건네는 것이 아니었다. 궁금한 걸 묻는 중이었다.

그런 때 "선생님도 책 한번 써보시죠. 일본에서는 요즘 60대, 70대 신인 작가들이 많이 나오고 있어요"라고 권하면 예의 그 손사래가 돌아온다. "아이고, 저 같은 게 무슨…… 책은 장 작가님 같은 분이 쓰셔야 하는 거예요." 그는 작가의 꿈을 버렸다. 그러나 그 꿈은 버려지지 않았다. 그도, 나도 안다. 앞으로도 그에게 작가의 꿈은 버린 것과 버려지지 않은 것 사이에 남아 있을 것이다. 그는 그 상태로 살 것이다.

이런 림보에 사는 이들에게는 몇 가지 공통점이 있다. 여전히 책을 좋아하는 독서가다. 그런데 서점이나 도서관에 가면 화가 난다. 어쩌자고 이따위 종이 쓰레기 같은 책을 낸단 말이야? 겨우 이런 글을 인쇄하자고 나무를 베어냈어? 모든 재화가 과잉생산되고 시시한 물건들이 넘쳐나는 후기자본주의 시대에, 그는 유독 책, 그것도 신간에 대해 분노한다. 이런 형편없는 책은 펴내면 안 된다고! 이따위 일기장 같은 책은…… 이런 책은…… 나도 쓰겠다!

'나무의 소중함' 운운은 핑계

고백하자면 내가 바로 그랬다. 서점 신간 코너에 가면 분노에 휩싸였다. 지인이 책을 냈다고 하면 관심 없는 척하면서 내용을 몰래 살폈다. 그 책에 신통한 데가 없으면 그때서야 겨우 안심했다. 결국 나무의 소중함 운운은 그냥 핑곗거리였다. 내가 제대로 해내지 못할 것 같아 포기한 작가라는 거룩한 영예를, 다른 녀석이 제값을 치르지 않고 길에서 주웠다고 여겨서 부린 트집 잡기였다. 정의감을 닮았지만 실제로는 질투심이다. 그 흉한 감정은 내 책이 나온 뒤에야 겨우 사라졌다.

이 글을 읽는 독자 중에도 비슷한 시기심으로 고생하는 분이 있다면, 당장 책을 쓰는 편이 낫다. 최악의 경우에도 전과 다른 차원의 독서가로 거듭날 수 있다. 한 권의 책을 쓰는 게 얼마나 어려운지, 어떤 부분이 어떻게 힘든지 알게 된다. 그러면서 작품의 방법론과 기교를 더 깊이 이해하게 된다. 피아노를 칠 줄 알면 라흐마니노프가 다르게 들린다.

"너는 글 쓰는 쪽은 아닌 것 같다"는 국어 선생님 말씀에 작가의 꿈을 버렸다는 회한의 고백을 들으면 그 국어 선생님에 대해서도 아쉬운 마음이 들지만, 꿈을 버린 당사자에게도 몇 마디 하고 싶어진다. 하지만 결국 꿈을 버리지 못하셨잖아요? 미련이 남으신 거잖아요? 수십 년 동안 미련을 품고 사느니, 그냥 써버리는 게 낫지 않았을까요? 국어 선생님이 뭐라고 말씀하셨건 간에. 세상에는 자기 글을 깔본 교수에게 주먹을 먹이고 대학을 뛰쳐나와 소설가로 성공한 할란 엘리슨 같은 이도 있다.

물론 책 한 권을 몇 달 만에 써서 출간할 수는 없다. 하지만 그렇다고 책 한 권 쓰는 데 수십 년이 걸리지도 않는다. 요즘 단행본 한 권이 300쪽 남짓인데, 하루 한 쪽씩 느긋한 속도로 쓴다면 1년이면 365쪽 분량의 책 한 권 초고를 마칠 수 있다는 얘기다. 구상하고 헤매고 퇴고하는 시간까지 합쳐도 넉넉잡아 3년이면 한 권 쓸 수 있지 않을까. 3년이면 그리 먼 미래도 아니지 않은가. 올림픽도 월드컵도 4년 뒤를 기약하고 준비하는데.

세상을 떠나는 순간까지 '나도 책 한 권 내고 싶었는데, 작가가 되고 싶었는데' 하는 미련을 품고 산다면 너무 안타깝지 않은가. 한국인 기대수명이 80세가 넘어선 지도 한참 됐다. 지금 70대 중반이라도 해볼 만한 도전이다. 3년 동안 다른 일 다 접고 집필에 전념하라는 얘기가 아니다. 굉장히 심오한 내용이 아니라면, 대체로 밤에 한두 시간이면 한 쪽 분량 정도는 쓸 수 있다. 그게 안 되는 날도 있겠지만 그보다 잘 써지는 날도 있다.

20대 초중반에 신춘문예 여러 곳에서 낙방했다. 출판사로 응답 없는 원고를 보내기도 했다. 한동안은 책 쓰기를 포기하고 지냈다. 초짜 신문기자로 일할 때에는 '많이 보고 들어서, 퇴직하고 나면 그때까지 모은 소재로 소설을 써야지' 하고 생각했다. 그런데 2006년 8월 21일에(날짜도 기억하고 있다), 술에 취해 집에 들어왔는데 그냥은 못 자겠다는 생각이 들었다. 하루 종일 틀에 박힌 기사만 쓰다 보니 너무 공허했다. 그래서 노트북을 펴고 젊은 신문기자가 주인공인 소설을 쓰기 시작했다.

다음 날 아침 환상적인 기분으로 눈을 떴다. 몇 년 묵은 변비가 사라진 개운함. 나는 그런 글을, 소설을 써야 하는 사람이었던 거다. 재능이고 뭐고 상관없었다. 그날부터 밤에 한두 시간씩 신문사나 세상을 위한 글이 아닌, 나 자신을 위한 글을 썼다. 수면 시간은 조금 줄었지만 몸도 마음도 더 건강해졌다. 장편소설 원고를 마치는 데 꼭 3년이 걸렸다.

그렇게 마친 원고를 아내에게 보여줬는데, 아내가 감상을 말하려 하지 않았다. 억지로 졸라 평가를 듣고

나서는 부부 싸움을 벌였다. 일주일 뒤에 원고를 다시 읽었더니 그걸 인쇄하느라 잘려나간 나무에게 미안하다는 마음이 들었다. 너무 낙담하는 바람에, 소설 쓰기를 포기할 힘조차 나지 않았다. 그래서 얼른 다음 작품에 착수했다. 그즈음에는 소설을 쓰는 게 제일 즐겁고 위안이 됐기 때문이다.

시간 관리 비법 따위는 없다

이번에는 원고를 마치는 데 2년 남짓 걸렸다. 그 원고로 한겨레문학상을 받으며 정식으로 데뷔했다. 한동안은 '직장 생활을 하다 뒤늦게 등단한 소설가 장강명 씨'로 소개되기도 했다. 나와 같은 해 데뷔한 작가 중에는 20대도 여럿이었다. 나는 '서른 즈음에 소설가가 되는 게 적절하고 나는 좀 늦었나 보군' 하고 생각했다. 그런데 나이를 더 먹은 지금 젊은 작가라고 불린다. 뭐여, 이게.

작가가 됐더니 사람들이 놀라며 시간 관리를 어떻게 했느냐고, 비법이 뭐냐고 물었다. 시간 관리 딱히 안 했는데……. 회사 다니면서 대학원에 등록해서 학위를 취득한 친구나 동기들도 많았다. 그런데 그들에게는 시간 관리를 어떻게 했는지 아무도 묻지 않고 부업 작가에게만 물었다. 책 쓰는 게 대학원 다니는 것보다 시간이 더 들진 않을 텐데.

　어떤 분들은 내게 끈질기게 묻는다. "무슨 말씀 하시려는지 알겠어요. 하지만, 그래도, 뛰어난 작가는 천부적인 재능이 있어야 하는 거 아닐까요?" 솔직한 내 대답은 "모르겠습니다"이다. 내가 그런 작가는 아니라서, 정말 모르겠다. 그런데 뛰어난 작가가 뛰어난 사업가나 뛰어난 교사나 뛰어난 요리사는 받지 못하는 하늘의 축복을 따로 받지는 않을 거 같다. 그리고 어떤 일을 해보지 않은 상태에서 재능이 있는지 없는지는 절대로 알 수 없다고 생각한다. 3년쯤은 해봐야 알 수 있지 않을까?

　뛰어난 사업가가 되지 못하는 사람은 사업을 하면 안 되는 걸까? 중요한 건 '뛰어난 사업가가 될 수 있을까'가 아니라 '이 사업으로 내가 무엇을 얻을까'다. 작가가 되고 싶다는 욕망이 지난주에 생긴 것이 아니라면, 몇 년 된 것이라면, 앞으로도 사라지지 않을 것이다. 그런 사람은 써야 하는 사람이다. '의미의 우주'에 한 발을 들였고, 그 우주에 자신의 의미를 보태고 싶어 하는 사람이다.

써야 하는 사람은 써야 한다. 당신이 하늘의 축복을 받은 사람인지 아닌지는 작품을 몇 편 발표하기 전에는 당신 자신을 포함해서 누구도 모른다. 그러나 오랜 욕망을 마주하고 풀어내면 분명히 통쾌할 거다. 가끔은 고생스럽기도 하겠지만 그 고생에는 의미가 있다. 책을 쓰고 싶다는 마음을 포기하는 것을 포기하자. 의미를, 실존을, 흔들리지 않는 삶의 중심을 거머쥘 수 있는 기회가 바로 눈앞에 있다.

P. S.

형편없는 책을 발표해서 사람들의 비웃음거리가 될까 봐 무서워서 책을 쓰지 못하는 사람도 있다. 이런 분께는 세 가지 선택이 있다. 첫째, 책을 쓰지 않고 계속 후회하며 사는 것. 둘째, 졸작을 내고 후회하는 것. 셋째, 멋진 책을 쓰고 후회하지 않는 것.

물론 멋진 책을 쓰는 게 제일 좋다. 그리고 형편없는 작품을 내고 괜히 썼다며 후회하는 것과 책을 아예 쓰지 않고 후회하는 것, 둘 중에서는 졸작을 내고 후회하는 편이 낫다. 졸작을 써도 실력과 경험이 쌓이고, '다음 책'이라는 기회가 또 있기 때문이다. 아무 일도 하지 않은 사람에게는 아무것도 남지 않고, 아무 기회도 없다.

이 주장의 산 증거가 바로 나인데, 난 첫 책《클론 프로젝트》를 출간한 일을 두고두고 후회한다. 하지만 그 책을 쓰지 않았더라면 다음 책을 쓸 수 없었으리라 생각한다. 그때는 실력은 부족한데 나도 작가가 되고 싶다는 마음이 너무 강했다. '내가 작가가 될 수 있을까?'라는 두려움도 컸다. 어쨌든 그 책을 냈기 때문에 '나는 따지고 보면 작가다, 이미 책 한 권을 냈다'는 생각을 가끔 할 수 있었고 글을 계속 쓸 수 있는 용기를 끌어올릴 수 있었다. 그리고 어떤 경로를 거쳤던 간에, 지금 이 자리에 서게 된 것은 당연히, 털끝만큼도 후회하지 않는다.

6 첫 문장으로 독자를
사로잡아야 한다고?
작법서 너무 믿지 마세요

스티븐 킹이 쓴 작법서 겸 에세이 《유혹하는 글쓰기》 머리말에는 이런 문장이 있다. '글쓰기에 대한 책에는 대개 헛소리가 가득하다.' 킹은 자기 책에도 헛소리가 들어갈 것이기에 그걸 줄이려고 책을 짧게 썼다고 밝힌다 (그런데 《유혹하는 글쓰기》는 그다지 짧지 않다). 내가 하는 말에도 헛소리가 많이 들어 있을 거다. 거기에 대해 쓰려 한다. 왜 이런 일이 벌어지는지, 그러면 독자들은 어떻게 해야 하는지.

작법서를 상당히 많이 읽었다. 소설가로 데뷔하고 나서도 종종 집어 들었다. 내 실력에 자신이 없었고, 다른 작가들은 다 알고 있는데 나만 모르는 비법이 있을 것만 같았기 때문이다. 작법서들이 스스로를 그렇게 선전하기도 했다. 저마다 자신들이 필독서라고, 이것만 읽으면 누구나 작가가 될 수 있다고 주장했다.

그런데 그중에서 실제로 도움이 되는 조언을 담은 책은 그다지 많지 않았다. 돌이켜보면 도움이 안 되는 정도를 넘어 잘못된 방향을 가리키거나 숫제 글쓰기 자체를 방해하는 어긋난 권고도 있었다. 기실 나뿐 아니라 많은 작가 지망생들이 작법서의 신뢰성을 놓고 고개를 갸웃했을 것이다. 두 작법서가 서로 완전히 반대인 주장을 펼치는 경우도 흔하다.

글을 잘 쓰는 기술은 기묘할 정도로 체계적인 연구가 이뤄지지 않은 분야다. 운동 잘하는 법에 대해서는 수많은 과학자들이 거액의 자금 지원을 받으며 원리와 응용 기술을 탐구하고 있다. 뼈와 근육이 어떻게 움직이고 자라는지, 각 영양소와 신경전달물질들이 어떤 효과를 내는지, 의류나 장비는 어떻게 디자인해야 효율적인지, 선수의 심리와 팀워크는 어떻게 관리할 것인지 등. 반면 글 잘 쓰는 법은 여전히 작가들의 개별적인 체험담에 의존한다.

글쓰기에 대한 우리의 이해는 아직 연금술의 수준에 머물러 있다. 누군가의 주장을 맹검법으로 제대로 검증한 적도 없고 작가들의 뇌에서 신경과학적으로 의미 있는 특이사항을 발견하지도 못했다. 작법서 저자들은 좋은 의도로 책을 썼을 것이고, 거기에는 실제로 도움이 되는 조언도 많이 담겼을 것이다. 하지만 '현자의 돌' 타령과 다름없는 얘기도 어쩔 수 없이 꽤 포함됐을 것이다. 그러니 참고하되, 맹신하지는 말자.

글쓰기 책에 담긴 '헛소리'들

불행히도 많은 작법서의 태도는 그 반대다. 자신들이 줄 수 있는 것 이상을 약속한다. 세상 모든 플롯이 이 안에 있으니 가져가서 변형만 하면 된다는 식의 작법서를 믿고 글을 쓰다간 책이 말하지 않은 걸림돌에 발목이 걸리기 일쑤다. '고양이도 쓸 수 있다'며 용기를 북돋아 주는 책을 읽을 때면 잠시 기운이 솟지만 뒤에 만만치 않은 장애물에 부딪히면 '난 고양이만도 못한가' 하는 좌절감에 빠질 수도 있다.

공허한 작법서도 많다. '문단들이 스스로 어떻게 배치되고 싶어 하는지 알아내라' 같은 뜬구름 잡는 이야기, '초고를 다 썼으면 인쇄해서 한 번 더 읽으며 오류를 찾아라' 따위 하나 마나 한 소리를 길게 늘어놓는 책도 있다. '글은 재미가 있어야 한다, 가슴을 울려야 한다'는 말도 재미라는 게 뭔지, 가슴을 어떻게 울려야 하는지 설명하지 않는 한 의미 없는 얘기다. 누군들 재미없는 글을 쓰고 싶어서 쓰겠는가.

엉뚱한 내용을 길게 늘어놓는 작법서도 있다. 예문이라면서 기성작가가 쓴 글을 제시하고, 그런 글을 쓰는 방법이 아니라 읽는 방법을 말하는 식이다. 하지만 써보면 안다. 그 두 가지는 완전히 다른 일이다. 장르의 정의, 역사, 종류, 대표작을 한참 읊는 책도 있다. 두발자전거를 타려는 사람에게 자전거의 역사와 분류법을 강의하는 꼴이다. 메모하는 법을 늘어놓는 작법서도 여기에 해당한다. 메모는 각자 편한 방식으로 틈틈이 하면 그만이다.

글쓰기에 대해서는 지침이 참 많다. 그걸 다 헌법처럼 받아들일 필요는 없다. 특히 '무조건 이렇게 해야 한다'는 권고들을 경계하자. 예를 들어 상당수 작법서가 '문장은 무조건 짧게 쓰라'고 한다. 개인적으로는 단문을 선호한다. 글쓰기에 익숙하지 않은 사람이 문장을 짧게 쓰면 문법적으로 실수할 일이 적고, 자기 생각도 보다 깔끔하게 정리할 수 있어 좋다. 특히 글쓰기 초보

들은 대개 문장을 필요 이상으로 길게 쓰는 편이다.

그러나 짧은 문장이 긴 문장보다 언제나 더 아름다운 건 아니고, '옳은' 것도 아니며, 모든 사람에게 단문이 적합하지도 않다. 긴 문장으로만 이를 수 있는 감흥과 우아함도 있다. 단문은 유용한 수단이고, 그게 전부다. 문장에 있어서 중요한 것은 길고 짧음이 아니라 자신만의 개성이 있느냐, 그리고 그런 개성이 글의 다른 요소들과 어울리느냐는 것이다.

'첫 문장으로 독자를 사로잡아야 한다'는 조언은 어떨까. 좋은 제안이지만 초고를 쓸 때는 얽매이지 않아도 된다고 생각한다. 이런 말을 너무 의식하다 보면 아예 첫 문장을 못 쓰게 된다. 초고를 막 시작했다면 첫 문장은 생각나는 대로 쓴 뒤 바로 잊고 다음 문장을 고민하는 편이 훨씬 낫다. 탈고할 때까지 다시 생각하지 말자.

같은 표현의 반복을 피하라든가, 부사와 형용사를 줄이라든가, 피동형 문장을 쓰지 말라든가, 일본식 한자어를 삼가라든가 하는 금지사항들로만 가득한 작법서도 있다. 역시 옳은 말이지만 무언가가 용솟음칠 때에는 일단 되는대로 쓰는 게 더 중요하다고 본다. 반복되는 표현이나 불필요한 수식은 퇴고하며 고치면 된다.

피동형 문장? 일본식 한자어? 물론 바람직하지 않다. 논술시험에서는 감점 요인일 테니 대비를 해야겠다. 하지만 한 권의 책을 쓰자고 책상 앞에 앉았을 때 신경 써야 할 문제들 중에서는 한참 후순위다.

맞춤법으로 독자에게 겁을 주는 작법서들도 있다. 어떤 문장의 주어와 술어가 호응이 안 된다며 호되게 혼내고, 문장부호 쓰는 법을 몇 페이지에 걸쳐 설명하고. 그런 책은 예비작가보다는 편집자가 읽어야 한다. 제대로 된 설명 없이 예시문을 '죽어 있다, 진부하다, 조야하다'고 감정적으로 비난하는 작법서도 봤는데, 추천하고 싶지 않다. 그런 책을 읽으면 누구나 주눅이 들고 자기검열에 빠진다. 공교롭게도 맞춤법에 열을 올리는 작법서일수록 더 크고 중요한 사안은 어물쩍 넘어가는 것 같다.

반면 거창한 창작이론을 소개하는 책들에 대해서도 나는 다분히 회의적이다. 현재로서는 전부 개인들의 가설에 불과하다. 성공한 작가 중에 꽉 짜인 작법 이론에 따라 글을 쓴다는 사람도 본 적이 없다. 한데 글쓰기 이론을 펼치는 책을 쓴 저자의 대표작이 바로 그 글쓰기 책인 경우는 꽤 있다. 글쓰기 책 외에는 다른 책을 쓴 적이 없는 작가도 있다.

어떤 아기는 기는 단계 없이 걷는다

결국 진부하더라도 가장 믿을 만한 지침은, 많이 읽고 (多讀) 많이 쓰고(多作) 많이 생각하라는(多商量) 옛 격언이다. 킹도 자기 책에서 '많이 읽고 많이 쓰라'는 조언을 여러 차례 반복한다. 여기에 좀 더 자신을 믿어보라고, 자기 생각을 보다 주의 깊게 살펴보라고 덧붙이고 싶다. 좋아하는 책이 있는가. 그 책이 왜 좋은지, 어느 대목이 좋은지 설명할 수 있는가. 그렇다면 원고를 판단하는 기준과 가야 할 목표를 이미 갖춘 것이다. 남이 아닌 나의 기준을, 엄격하게 자기 글에 적용해보자. 칭찬을 구하지 말고 부족한 점을 직시하자. 그걸 믿고 가보자.

애초에 누구에게나 적용 가능한 한 가지 글쓰기 매뉴얼이 있다는 발상 자체가 터무니없는 착각인지도 모른다. 과거에 아동학자들은 유아가 걸음마를 배우는 특정한 과정이 있다고 생각했다. 그러나 실제로 연구를 해봤더니 아기들은 스무 가지도 넘는 방식으로 걷기를 배웠다. 파푸아뉴기니의 한 부족 아이들은 기는 단계 없이 바로 걸었다. '정상적인 걸음마 학습 경로'라는 건 존재하지 않았고, 어떤 과정을 거치건 아기들은 다 잘 걸었다. 하버드 교육대학원 교수인 토드 로즈의 책 《평균의 종말》에 나오는 얘기다. 로즈 교수는 모든 학습이 자기주도형이어야 한다고 주장한다. 글쓰기는 틀림없이 그렇다.

문예창작은 아직 학문이 아니라 기예의 영역에 있는 것 같다. 이 명제를 받아들이면 얻을 수 있는 힌트가 몇 가지 있는데, 다음 장에서 그 얘기를 해보자.

P. S.

《유혹하는 글쓰기》에는 킹이 초등학생 때 감명 깊게 본 공포영화를 소설로 써서 그 원고를 학교에서 팔았다가 교장실에 불려 간 이야기, 생계를 유지하기 위해 세탁소에서 일하며 자신이 살던 임대용 트레일러의 세탁실에서 소설을 쓴 이야기, 《캐리》를 쓸 때 주인공이 마음에 들지도 않고 줄거리도 재미가 없다고 여겼다는 이야기 등등이 흥미진진하게 펼쳐진다. 작가로서 대성공을 거둔 다음의 이야기도 그보다는 덜하지만 재미있다. 술에 이어 마약에까지 중독된 사연, 재능과 연습에 대한 생각, 하루 일과에 대한 묘사 등이다.

이 책의 창작론이나 창작 기법 몇 가지에 대해서는 고

개를 갸웃하기도 했다. 내게 가장 유용했던 조언은 '말했다'라는 표현의 반복을 피하기 위해 굳이 '소리쳤다' '중얼거렸다' '헐떡였다' '내뱉었다' 따위 단어를 동원하지 말라는 얘기였다. 그냥 '말했다'로 쓰라고. 이 조언은 반복을 피해야 한다는 강박에 짓눌려 있던 내게 숨통을 틔워주었다. 하지만 나는 여전히 '말했다'와 함께 '외쳤다' '중얼거렸다' '내뱉었다' 등등을 섞어 쓴다.

《책 한번 써봅시다》도 독자들이 취할 것은 취하고 버릴 것은 버려가며 읽어주시면 좋겠다.

7 책 쓰기, 권투, 색소폰, 수영의 공통점은?

초보 작가의 마음가짐

지난 장에 쓴 것처럼, 글쓰기는 학문이 아니라 기예(技藝)라고 나는 생각한다. 거기에서 초보 작가가 지녀야 할 마음가짐에 대한 몇 가지 지침을 얻을 수 있다.

표준국어대사전에 나온 '기예'의 뜻풀이는 이렇다. '예술로 승화될 정도로 갈고닦은 기술이나 재주.' 이것은 배우는 것이 아니다. 넘어지고 구르면서 한참 시간을 들여 몸으로 익혀야 하는 것이다. 글쓰기는 악기 연주나 춤, 수영, 리듬체조, 목공 같은 일이다. 글을 쓸 때 사용하는 신체 부위는 눈과 손가락이 전부니 몸으로 하는 일이 아니라고? 그런 식으로 따진다면 피아노나 기타 연주도 마찬가지 아닐까.

기예를 익히는 데에는 몇 가지 특징이 있다. 우선 초반에 우스꽝스럽게 휘청거리고 자빠지는 일을 거듭해야 한다. 태어나서 처음 집어 든 색소폰을 멋지게 불었다든가 발레교습소에 가자마자 그랑주테 동작을 해냈다는 사람 이야기를 들어본 적이 있는가. 있다면 세상에 잠시 놀러 온 하느님이거나 인간형 외계인일 것이다. 이건 천부적인 재능이나 신체조건의 문제가 아니다.

자신이 익히려는 기예에 감식안을 갖췄다고 해도 별수 없다. 피겨스케이팅을 감상하는 능력과 피겨스케이트를 잘 타는 능력은 별개다. 글도 마찬가지다. 책을 많이 읽었다고, 좋은 글을 판별할 수 있다고 글을 잘 쓰는 건 아니다. 그런데 유독 초보 작가들은 이 사실을 인정하려 들지 않는다. 자기는 처음부터 원고를 준수하게 잘 쓸 거라고 터무니없이 착각한다. 그랬다가 아이코, 이게 아니네, 하고 놀란다. 자연스럽고 당연한 일이다. 거기서 움츠리고 절망하지 않아도 된다.

기예의 두 번째 특징은 남이 하는 설명으로는 아무리 해도 이해할 수 없고 몸으로 넘어야 하는 지점이 있다는 것이다. 호흡법과 팔다리의 동작을 교실에서 아무리 자세히 듣는다 해도 강연만 듣고 수영을 할 수는 없다.

나이 상관없이 누구나 처음부터 시작이다.

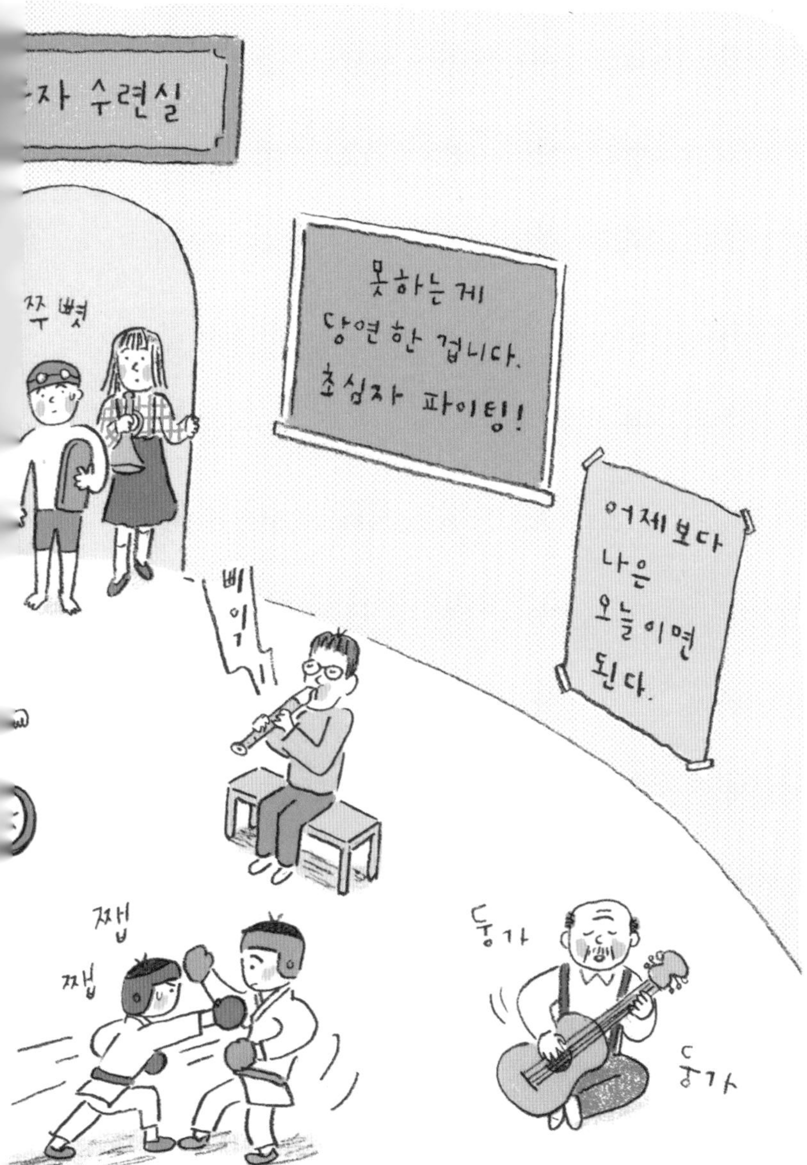

자 수련실
쭈뼛
못하는 게
당연한 겁니다.
초심자 파이팅!
어제보다
나은
오늘이면
된다.
삐익
잽
잽
둥가
둥가

물에서 허우적거려봐야 한다. 다른 사람은 다 하는 자맥질을 나만 못 할 수도 있다. 그 고비를 해결할 사람은 나밖에 없다. 자맥질을 쉽게 하는 사람은 내가 어디서 막히는지 이해조차 하지 못하니까.

깨침과 숙달 사이에 시간이 걸린다는 게 기예의 세 번째 특징이다. 악기를 배워본 사람이라면 다들 알 것이다. 같은 구간을 수십 번 되풀이해서 연습하는 데 번번이 같은 곳에서 틀리면 저절로 욕이 나온다. 그래도 참고 연습하는 수밖에 없다. 심오한 기예일수록 익히는 데 시간이 오래 걸린다. 발전 속도가 너무 느려 짜증이 난다면, 이 역시 자연스럽고 당연한 일이다.

소설을 읽기만 할 때는 몰랐던 문제

처음 소설을 쓸 때에는 내가 쓴 인물들의 대사가 너무 어색하게 보여서 한참 고민했다. 소설을 읽기만 할 때는 생각지도 못해본 문제였다. 실제 내 대화 내용을 녹음해서 녹취록을 만들어가며 자연스러운 대화란 어떤 것인지 연구하기도 했다. 사람들이 말을 할 때 얼마나 조리 없이 엉망으로 지껄이는지 그때 처음 알았다. 리

얼리티를 추구한다고 해서 사람들이 실생활에서 하는 대사를 그대로 옮기면 안 된다는 사실도 같이 깨달았다.

한 문단이 너무 길거나 짧은 게 아닌지, 농담이 너무 잦은 건 아닌지 같은 문제도 처음에는 하나하나 고민이 됐다. 쓰고 지우고 고치면서, 여러 버전을 비교하면서 나만의 감각을 익히는 수밖에 없었다. 요즘은 한 문단은 가능하면 A4지 기준으로 석 줄에서 일곱 줄 사이로 만들려 한다. 그게 내가 문장에 싣는 밀도와 어울리는 것 같다. 농담은 자제하려 한다. 내 글의 장점이 속도감이고 농담은 대개 속도를 방해한다는 사실을 쓰면서 알게 됐다.

사물이나 풍경을 묘사하는 일이 서툴러 고민하던 차에 교본이 된 것은 아쿠타가와상 수상작인 요시다 슈이치의 중편소설 《파크 라이프》였다. 묘사가 길게 이어지는데도 지루하다는 느낌이 들지 않는 게 신기했다. 그 책을 필사하면서 효율적인 묘사란 어떤 것인지, 화자의 내면이나 행동과 주변 환경을 어떻게 연결해야 하는지 배웠다.

모든 사람이 문단을 일곱 줄 이내로 써야 한다거나, 농담을 줄여야 한다거나, 《파크 라이프》를 읽어야 한다는 말이 아니다. 직업 목수라면 능숙하게 다룰 줄 아는 연장을 여러 개 구비해야 하듯이, 작가도 단어와 문장, 문단이라는 도구를 궁합이 맞는 종류로 골라서 그게 자기 몸의 일부처럼 편안하게 느껴질 정도로 익혀야 한다는 의미다.

기예를 익히는 사람은 훈련하면서 자신의 스타일과 장점을 발견한다. 권투라는 한 종목에서도 선수마다 경기 스타일은 천양지차다. 어지간히 얻어맞아도 끄떡없는 강골인데 돌파력이 있고 핵폭탄 같은 주먹을 지녔다면 인파이터가 된다. 팔이 길고 눈이 빠르고 오래 뛰어도 지치지 않는다면 아웃복서가 된다. 내가 맷집이 센지 아닌지 알려면 어떻게 해야 할까. 맞아보는 수밖에 없다. 그것도 한 대가 아니라 여러 대를. 그렇게 분투하면서 자신의 재능을 깨닫는 거다.

그런 맥락에서 나는 묻지도 따지지도 않고 〈무진기행〉을 원고지에 베끼는 식의 필사 훈련은 권하지 않는다. 〈무진기행〉은 아름다운 작품이지만 모든 사람이 다 그런 글을 써야 하는 것은 아니며, 그럴 수도 없다. 예쁜 종이에 좋은 펜으로 멋진 문장을 베끼는 걸 마음을 가라앉히는 취미로 삼을 수는 있겠지만 그런다고 필력이 저절로 발전할지는 모르겠다.

필사를 하려거든 경쟁사의 신제품을 분해하는 엔지

니어의 마음으로, 뚜렷한 목적의식을 품고 해야 한다. 어느 정도 자기 글의 개성과 스타일을 파악한 사람이 닮고자 하는 글을 골라 꼼꼼하게 작품 분석을 한다는 자세로 하는 게 옳다. 한 문장 한 문장을 옮기며 구두점의 사용과 행갈이의 호흡을 익힐 수도 있겠고, 챕터를 요약해가며 논증의 구조나 플롯을 쌓는 방식을 배울 수도 있겠다. 그 작업을 펜으로 할 것인지 워드프로세서로 할 것인지, 대상이 되는 글이 한국 작가의 것인지 번역문인지는 중요한 문제는 아닌 것 같다.

합평 역시 마찬가지다. 합평 모임에 참여해서 거둘 수 있는 가장 큰 소득은 부지런하게 쓰게 된다는 것이다. 글 쓰는 동료가 있다는 사실이 용기도 되고, 내가 쓴 글이 남에게 어떻게 읽히는지 가늠하는 테스트 베드 역할도 할 수 있겠다. 그러나 다른 멤버들은 내가 아니며, 그곳의 조언이나 충고는 걸러 들어야 한다. 그 작은 모임의 평가에 연연하거나 감정을 소모할 이유는 전혀 없다.

초심자에게 이토록 공평하게 막막한 분야

처음에는 절대로 잘할 수 없고, 매뉴얼로는 제대로 가르쳐줄 수 없고, 꾸준히 쓰고 좌절하면서 개별적으로 깨칠 수밖에 없다니, 너무 막막하다고? 두발자전거를 처음 타는 아이를 생각해보자. 동역학을 연구하고 자전거에 오르는 아이는 없다. 아이는 그저 떨리는 마음으로 안장에 올라 무작정 페달을 밟으며 무슨 일이 생기는지 관찰하고 반응해보려 한다. 그러다 어느 순간, 자전거가 한쪽으로 기울 때 반대쪽으로 핸들 바를 잡고 적당한 힘으로 페달을 밟으면 몸체가 마치 떠오르듯이 균형을 잡고 선다는 사실을 깨닫는다.

그걸 반복하면 그 금속 구조물이 놀랍게도 몇 분이고 몇십 분이고 쓰러지지 않고 똑바로 서서 바람처럼 달린다. 마법 같다. 이 사실을 알아낸 아이는 곧 자전거와 한 몸이 된다. 복잡한 암산을 하지 않아도 팔이 있어야 할 각도와 다리에 줘야 할 힘을 금세 알아낼 수 있다. 이후로는 넘어지는 일이 더 어렵다. 대부분의 사람들이 그 기적 같은 능력을 타고난다.

두발자전거를 타는 데 필요한 건 물리학이나 기계공학 지식이 아니다. 그보다 필요한 것은 넘어지는 경험이다. 막상 넘어져보면 기껏 살갗이 조금 까지는 정도인데 넘어지기 전에는 그게 무척 두렵다. 어떤 이들은 '이 나이가 되도록 자전거를 못 타다니'라는 생각 때문에 오히려 자전거를 배우지 못한다. 뒤에서 붙잡아달라는 요청을 할 만한 친지가 없고, 우스꽝스럽게 넘어지는 모습을 다른 사람에게 보이기도 싫은 것이다. 아쉽고 안타깝다.

이 바닥이 이토록 연구가 덜됐고, 그저 쓰고 고치고 비틀거리면서 스스로 깨치는 방법밖에 없다는 사실은 어쩌면 축복인지도 모른다. 아버지가 누구라도 소용없고, 비싼 사교육도 통하지 않고, 고가의 시설이나 장비를 이용한다고 유리한 것도 아니다. 모든 초심자에게 이토록 공평하게 막막한 분야가 세상에 얼마나 남았단 말인가.

P. S.

대학 문예창작학과에 대해서도 환상을 품고 있는 분들이 꽤 많다. 문예창작학과를 다니면 글쓰기 실력이 몇 단계 업그레이드된다거나, 문예창작학과 출신에게만 전수되는 엄청난 비기(祕技)를 배울 수 있다는 식으로. 터무니없는 착각이다.

　나는 문학공모전을 소재로 논픽션을 쓰면서 꽤 많은 문예창작학과 학생들을 인터뷰했고, 대학 두 곳의 문예창작학과에서 몇 학기 동안 직접 글쓰기를 가르치기도 했다. 결론부터 말하자면 문예창작학과는 의대나 법학전문대학원과 다르다. 필수 코스는 절대 아니다. 글쓰기를 업으로 삼겠다고 다짐한 젊은이들이 문예창작과에 다닌다면 좋은 선생님과 동료들을 만나 자극과 용기를 얻을 수 있다. 그 정도다.

　문예창작학과 강사로서 대학에서 내가 받은 평가는 최상위권이었다(한 대학에서는 아예 강사들의 강의평가 순위를 숫자로 알려줬다). 학생들이 강의평가서에 익명으로 적은 문구들을 개인적으로 무척 소중하게 간직하고 있다. '문예창작학과 학생들이 가장 필요로 하는 실전 글쓰기를 배울 수 있었다, 문예창작학과에 이런 강의가 늘어났으면 좋겠다, 다시 듣고 싶다'는 말들이었다. 그때 내가 학생들에게 가르친 내용은 이 책에 전부 다 적었다.

8 보고 들은 모든 것을 써먹는다

영감은 어디에서 얻는가

작가를 꿈꾸는 이들로부터 "영감을 어디서 얻나요?"라는 질문을 자주 받는다. 그러면 "온갖 데서 얻습니다"라고 대답한다. "지금 이 순간에도 우리 머리 위로 영감이 쏟아지고 있습니다"라고 말하기도 한다.

등단작인 《표백》은 내 대학 시절의 경험과 도스토옙스키의 《악령》, 프랜시스 후쿠야마의 책 《역사의 종말》에서 얻은 아이디어를 엮은 것이다. 다음 책인 《뤼미에르 피플》은 단편소설 열 편이 있는 연작소설집인데, 신촌의 한 오피스텔에서 혼자 살면서 했던 공상들이 고스란히 작품의 단초가 되었다. 내가 만약 내일 갑자기 전신마비가 되면 가족에게든 회사에든 누가 내 처지를 연락해주지 하는 두려움에서부터, 그 건물에 입주해 있던 도통 정체를 알 수 없었던 이상한 사무실들에 대한 고약한 상상까지. 세 번째 책인 《열광금지, 에바로드》는 신문기자 시절 취재하면서 알게 된 사연에 허구를 보탠 것이다.

그러니까 그 영감들에는 별 패턴이 없었다. 지난 추억이기도 했고 인상 깊게 읽은 책이기도 했고 일상의 걱정거리이기도 했으며 신문기사이기도 했다. 책의 뼈대가 된 핵심 모티프들이 그렇다는 것이고, 근육과 혈관, 피부를 이룬 자잘한 아이디어는 정말이지 온갖 곳에서 얻었다. 그냥 보고 들은 모든 것을 써먹고 있다는 표현이 옳다.

"영감을 어디서 얻나요?"라는 질문을 하는 작가 지망생들도 아마 그 사실을 모르지는 않을 것이다. 그럼에도 불구하고 '아마 모든 것이 영감의 원천이기는 하겠지만 그중에서도 더 질 좋고 풍부한 영감의 광맥이 있지 않을까' 하는 생각에 계속해서 그 질문을 던지는 듯하다. 그런 금광은 없다. 더군다나 내게 영감을 주는 것이 타인에게 영감을 주지 않을 수 있으며, 나 한 사람에게도 지난달까지 폭포처럼 영감이 쏟아지던 장소가 오늘은 무미건조하게 느껴지기도 한다. 나의 창작에 참고

하기 위해 다른 작가에게 영감의 원천을 묻는 것은 쓸 모없는 일이라는 얘기다.

쾅쾅쾅쾅 하자 빰빰빰빰 했다고?

자기 손으로 창작을 하지 않는 이들은 영감을 오해하는 것 같다. 집주인이 쾅쾅쾅쾅 하고 문을 두드리자 안에 있던 베토벤이 "오, 이거야!" 하고 소리치면서 빰빰빰빰 하고 운명 교향곡 앞부분 악보를 썼다는 식으로. 작곡 가들에게는 영감이 그렇게 친절하게 오는지 모르겠지 만 작가들에게는 아니다. 완전한 형태로 내려오는 영감 은 없다. 모든 영감은 다 불완전한 형태로 온다. 그걸 완 성하는 것이 작가의 일이다.

　불완전한 영감을 받은 사람의 반응은 대개 이렇다. '저게 뭐지?' '이거 뭔가 이상한데.' '뭐야, 기분 나빠.' '오, 대박.' '엥?'……. 아마 오늘 아침에 일어나 이 글을 읽는 바로 이 순간까지도 저런 생각들을 몇 번이고 했 을 것이다. 아파트 엘리베이터에서도 하고, 지하철 승 강장에서도 하고, 버스 옆면 광고를 보면서도 하고, 휴 대폰으로 뉴스를 검색하면서도 했을 것이다. 그것들이다 영감이었다. 수면 위로 조금 자기 모습을 드러낸.

긴 낚싯대처럼 질문들을 던져 그 영감 덩어리를 낚아야 한다. 던져야 할 질문들은 이렇다. '나는 이걸 왜 이상하다고 여겼을까? 여기서 어떤 점이 이상한 건가?' '이걸 내가 왜 기분 나쁘게 받아들였지? 이 부분인가? 저 부분인가?'……. 해답을 찾아내라는 말이 아니다. 그 눈길 끌고 이상하고 대박이었고 '엥?'이었던 파편 앞뒤에 당신만의 이야기를 보태라는 것이다. 당신에게는 이미 그에 대해 할 이야기가 있다. 그러니 눈앞을 지나가는 수많은 사물 중 바로 그것에 멈춰 '뭐야, 저거' 하고 생각했던 거다.

신문기자 시절, 일본 애니메이션 〈신세기 에반게리온〉 관련 다큐멘터리 상영회를 취재하러 갔다. 애니메이션 제작사가 기획한 난센스 같은 이벤트에 진지하게 도전하고 보상을 받은 청년 두 사람이 그 과정을 찍은 다큐멘터리였다. 별 기대 없이 작품을 봤다가 뜻밖의 감동을 받은 나는 그날 밤 내내 생각했다. '내가 왜 감동을 받았지? 난 에반게리온 팬도 아닌데(건담 팬인데).' 에반게리온이라는 말은 많이 들었지만 그때까지 한 편도 본 적이 없었다.

간질간질한 기분으로 자문자답하면서 이야깃거리

를 여러 개 찾아냈다. 머릿속으로 수많은 답안이 떠올랐다. 둘만 소개하자면 다음과 같다. 나는 먼저 그 다큐멘터리가 삐딱하면서 동시에 진솔한, 모순적인 성공담이라는 점에 감동받았다. 그 모순은 우리가 삶에서 추구해야 하는 것들에 대해 신선한 각도로 한 줄기 빛을 비춘다. 또 두 청년이 아무런 정규수업도 받지 않고 그렇게 놀라운 완성도로 촬영에서부터 영화음악 작곡까지 해냈다는 사실도 감동적이었다. 야생에서 진짜 예술가들이 탄생하는 장면을 보는 것 같았다.

그렇게 '말로 잘 표현되지 않는 감동'이 하룻밤의 궁리를 거쳐 '이걸 이 방향으로 이렇게 쓰면 될 것 같다'고 말하는 영감이 되었다. 빰빰빰빰. 나는 다큐멘터리 제작자들에게 소설을 쓰기 위한 인터뷰를 하고 싶다고 요청했고, 나중에 수림문학상을 받은 소설인 《열광금지, 에바로드》를 쓰게 되었다.

신문기자로 일한 덕을 봤느냐고 묻는다면 분명 그렇다. '어, 이거 왠지 이상한데. 어떻게 글로 쓸 수 없을까?' 하고 아이템을 고민하는 훈련이 되어 있었다. 하지만 이 훈련은 꼭 신문사 편집국에서 받아야 하는 것은 아니다. 일상에서 누구나 실천할 수 있다. 참고로 〈에바로드〉라는 다큐멘터리가 나왔다는 소식을 인터넷에서

접하고 작은 카페에서 열린 저녁 상영회에 가는 데 기
자라서 유리한 점은 없었다.

영감을 가라앉히는 것은 무엇인가

물론 '저게 뭐지?' 하는 느낌들을 적어두는 습관이 있으
면 좋다. 6장에서도 썼지만 기록은 각자 편한 대로 하
면 된다. 나는 예전에는 늘 수첩을 들고 다녔고 스마트
폰을 구입하고 얼마 동안은 몇 가지 메모 앱을 번갈아
썼다. 요즘은 그냥 간단하게 사진을 찍어두거나 떠오른
단상을 녹음한다. 그걸로 충분하다.

이런 기록을 쌓고 정리하는 데 너무 공을 들이지 말
자. 레고 조각을 산더미같이 모아서 형태별로 색깔별로
분류하는 작업이나 다름없다. 쓸데없다는 말이다. 서너
조각이라도 손에 들고 만지작거리면서 서로 붙이고 이
어보는 일이 중요하다. 중요하다고 별표를 몇 개나 그
려놓은 메모가 지금은 무슨 뜻인지 봐도 모르겠다고?
지워라. 막 잠이 들려고 하는데 좋은 생각이 나서, 자리
에서 일어나야 하나 말아야 하나 엄청 갈등했다고? 그
냥 푹 자자. 영감은 앞으로도 무수히 쏟아질 테니.

영감을 얻기 위해 창작 여행을 떠나는 게 효과가 있을까? 있다. 그런데 효율이 너무 떨어진다. 창작 여행의 본질은 낯선 곳에 가서 '저게 뭐야? 와, 신기하네' 하는 감각을 많이 느끼고 창작의 재료를 얻는 데 있다. 그런데 같은 재료를 일상에서도 쉽게 모을 수 있다. 영감은 신기한 곳에서 신기한 것을 보는 데서 얻을 수도 있지만, 평범한 걸 신기하게 봐서 얻을 수도 있다. 여러모로 후자가 가성비가 높다. 똑같이 잘 써내도 전자는 소재주의라는 의심을 받을 수 있는데 후자는 통찰력이 있다는 찬사를 듣는다.

어떤 분들은 "내 주변에는 도통 신기한 게 없는데" 하고 말씀하실지도 모르겠다. 그렇다면 '신기하다'는 표현을 '부조리하다, 비상식적이다, 말이 안 된다'로 바꿔보자. 회사나 학교에서 만나는 사람들이 모두 조리 있고 상식적인 사람들인가? 시댁이나 처가 친척들도? 당신이 속한 팀이나 대한민국 사회에서는 말이 되는 일들만 벌어졌나? 아니라면 그에 대해 써보자.

그 사람은 왜 그럴까, 이 조직은 왜 이럴까, 하는 생각은 최고급 영감의 씨앗이다. 거기에서 나온 글감은 현실에 뿌리가 있고 많은 사람들이 공감할 수 있다. 진상을 규명하라는 게 아니다. 문학이라면 이야깃거리를,

비문학이라면 가설을 만들어내보라는 것이다. 그 사람은 어떤 상처나 콤플렉스를 감추려는 걸까? 뭔가를 두려워하고 있나? 지금 이 조직의 장이 성과를 줄여서라도 누군가를 견제하고 싶어 하는 걸까? 이 현상에 역사적, 문화적 맥락이 있다면 그게 뭘까?

그리고 이런 영감을 가라앉히는 마음 한구석의 나태한 목소리를 경계하자. 그 음성은 이렇게 말한다. '아유, 모르겠다.' '사는 게 본디 수수께끼지, 뭐.' '세상에 원래 이상한 인간들이 있어.' '밥이나 먹자.' 그런 말을 들으면 영감 덩어리는 다시 수면 아래, 무의식 깊은 곳으로 가라앉는다.

P. S.

아내가 신기한 이야기를 많이 해준다. 가족 이야기, 친구들 이야기, 회사에서 일어난 일, 어렸을 때 겪었던 일……. 아내는 아내대로 그렇게 수다를 떨면서 스트레스를 풀어서 좋다고 하고, 나는 글감을 얻을 수 있어서 일석이조다. 친구나 연인의 이야기에 귀를 기울이는 것도 영감을 얻는 아주 좋은 방법이겠다.

네? 연인이 있는지부터 물어보시라고요?

친, 친구는요⋯⋯?

사실 고독이야말로 영감의 원천입니다.

9

신파로 안 보여요,

살아 숨 쉬는 인간이라면

에세이 쓰기 ① 무엇을 쓸 것인가

이제 본격적으로 소설, 에세이, 논픽션 책 쓰기를 이야기해보자. 먼저 에세이 쓰기부터 시작해본다.

"비슷한 주제의 에세이들과 비교했을 때 어떤 차별점이 있는지를 가장 중요하게 봐요. 그게 있으면 이름 없는 작가라고 해도 출간하려고 노력합니다."

"독자가 관심 있어 하는 주제인지를 봐요. 작가가 재미있게, 신나게 이야기하는 세계에 대한 글이라면 좋아요. 남들이 다 아는 내용에서 뭔가 하나 더 추가되는 부분이 있어야 할 거 같고요."

"작가 인지도를 먼저 봅니다. 인지도가 있는 작가라면 전작과 어떤 차별성이 있는지를, 인지도가 없는 작가라면 저자가 잘 아는 분야인지, 글이 좋은지를 살펴요. 콘셉트는 평범해도 글이 좋으면 제목과 표지로 보완할 수 있다고 생각해요."

"이 글을 왜 여러 사람이 읽어야 하는가를 물어요. 개인적이지만 사적이지 않은 글을 찾아요. 쓰는 사람의 개성은 드러나야 하지만 완전히 사적인 내용은 아니었으면 해요."

이 글을 쓰면서 주요 한국문학 출판사의 편집자들에게 에세이 원고를 검토할 때 어떤 점을 주로 살피는지를 물었다. 위는 서로 다른 회사에서 근무하는 팀장급 편집자 네 명이 들려준 답이다. 언뜻 제각각으로 보일지도 모르겠지만, 밑바닥에는 큰 공통점이 하나 있다. '독자의 시선'이다. 편집자들은 '이 원고를 요약해서 소개문을 썼을 때 독자가 그 내용을 흥미롭게 여기고 전문을 읽어보고 싶어 할까?'를 따진다.

한창 유행인 트렌드에 대한 책이라도 이미 나온 책들과 차별점이 보이지 않는다면 손이 가지 않는다. 이미 다 아는 내용 같아 보여도 마찬가지다. 유명인사의 글이라면 일단 궁금할 터다. 인간의 본성이 그렇다. 강한 개성의 소유자는 잠시 눈길을 끌지만, 그의 이야기가 나와 아무 관련이 없다면 딱 거기까지다.

'붓 가는 대로'만 쓰면 낙서일 뿐

전직도 글 쓰는 직업이었고 지금도 그러하니까 주변에 '저 사람이 에세이 책을 내면 좋을 텐데' 싶은 지인들이 있다. 블로그에 글도 재치 있게 잘 올리고 대화를 나눠 보면 참신한 생각도 많은 문필업 종사자들이다. 이야기를 하다 보면 작가라는 타이틀에 대한 욕심은 다들 품고 있다. 그들 중 몇 사람을 꾀어 실제로 출간에 성공하고 그렇게 나온 책이 좋은 평가를 받기도 했다.

그런데 그들을 꼬드기는 작업을 하면서 알게 된 사실이 있다. 첫째, 많은 아마추어 작가들이 에세이를 너무 쉽게 생각한다. 둘째, 독자들이 무엇을 흥미로워하는지 관심이 없거나 너무 모르는 이들이 대부분이다. 독자에 대해서 '내가 쓰면 그들은 읽는다'는 착각에 빠진 사람이 상당하다. 어느 정도 사회적으로 성공을 거둔 사람, 자기 문장에 자신이 있는 사람, 나름대로 대중을 상대로 일을 해온 사람이 오히려 그런 함정에 더 잘 빠지는 것 같다.

그렇다. 나는 에세이 책을 펴내고 싶은 사람이라면 얼마간 출판기획자의 태도를 지녀야 한다고 생각한다. 에세이이기 때문에 더 그렇다. 진입장벽이 낮아 보이고, (불행한 현실이고 더러 오해도 있는데) 시시해 보이는 책들이 베스트셀러 목록에 오르다 보니 도전하는 사람도 많고, 경쟁도 치열하다.

에세이는 수필이고, 수필은 '붓 가는 대로 쓰는 글'이라고 쉽게 여기는 사람들이 많다. 수필에 대한 그런 이해는 붓 필(筆) 자와 따를 수(隨) 자라는 한자 조합을 그대로 풀이한 결과물인 것 같다. 나는 그게 수많은 사람들을 오해하게 만든 잘못된 정의라고 생각한다. 붓 가는 대로 쓰면 대개는 남이 읽을 가치가 없는 낙서가 된다.

유명 스타라면 그런 낙서에 가까운 글도 예쁜 사진과 함께 편집되어 출간될 수도 있다. 그런 현상을 긍정하고 싶은 마음은 털끝만큼도 없다. 그러나 출판을 업으로 하는 이들에게는 저자의 인지도와 팬덤 역시 중요한 고려 요소가 되며, 그걸 문제 삼아봤자 부질없는 일이다. 2장에서 쓴 대로 팬시상품 혹은 굿즈의 영역에 있는 물건들이라고 여기는 편이 낫다.

'붓 가는 대로 쓰는 글'이라는 풀이를 최대한 옹호하자면, 특별한 형식이 없음을 강조하는 표현이라고 받아들이고 싶다. 특별한 형식이 없다는 말이 주제가 필요하지 않다는 뜻은 결코 아닐 터다. 오히려 형식이 자유로운 만큼 '무엇을 쓸 것인가'의 문제는 더 중요해진다.

시장조사를 벌이는 것보다 훨씬 더 간단하게 이 질문의 답을 얻는 길이 있다. 바로 '세상에서 나만이 쓸 수 있는 이야기는 무엇인가'를 고민하는 것이다. 이것이 좋은 에세이의 전부는 아니지만, 출발점을 제대로 잡으면 좋은 에세이를 쓸 가능성이 확 높아진다.

나는 에세이는 저자의 매력이 핵심이 되는 장르라고 생각한다. 좋은 여행 에세이를 쓰려면 여행지 정보가 아니라 여행을 하는 작가의 생각과 느낌을 잘 서술해야 한다. 좋은 서평 에세이, 좋은 영화 에세이 역시 마찬가지다. 서평이나 영화평을 쓸 때에도 '육아하는 젊은 아빠가 본 영화들'이라는 식으로 자신의 관점을 넣고 여러 글에 통일된 테마를 부여할 방법을 찾아보자.

가식이 끼어든 글은 들키기 마련

여행, 독서, 영화감상은 글감을 얻기 좋은 행위다. 경험하는 동안 여러 가지 생각과 느낌이 풍부하게 들기 때문이다. 하지만 누구나 쉽게 할 수 있는 일이기도 하므로, 나는 글쓰기 초보가 아닌 이들에게는 다른 글감을 찾으라고 권하고 싶다. 사실 서평, 영화평이나 신변잡기 소재의 에세이야말로 정말로 '글빨'이 좋은 사람이나 유명인사가 아니면 책을 내기도 힘들고, 책이 나와도 잠재 독자의 눈길을 끌기 어렵다.

나만이 쓸 수 있는 이야기, 내 생각과 내면을 더 많이 드러내줄 수 있는 글감을 어디서 찾을 수 있을까? 내가 가장 먼저 살펴보기를 권하는 분야는 자신의 직업이다. 1장에서 이야기했던 김민섭 작가의 《대리사회》, 허혁 작가의 《나는 그냥 버스기사입니다》, 장신모 작가의 《나는 여경이 아니라 경찰관입니다》도 직업에 대한 이야기였다.

선망의 대상이 되는 직업이 아니어도 괜찮다. 어느 직업이나 하나의 세계라고 나는 생각한다. 남들은 잘 모르는 세부사항이 있고, 긴장과 갈등이 있고, 고충과 애환이 있다. 성장하는 부문이라면 성장하는 대로, 사양길에 있는 업종이라면 내림세대로 과거와 미래에 대해 쓸거리가 있다.

누구나 자기의 직업에 대해서는 깊은 감정을 품게 된다. 우리는 일을 하며 일 때문에, 또 같이 일하는 사람 때문에 웃기도 하고 울기도 한다. 뜻밖의 행운에 기뻐하고 계획대로 진행된 작업에 보람을 느끼며 부조리에

분개하고 실패에 슬퍼한다. 거기에서 부글거리는 드라마가 나온다.

몇 년 이상 경력을 쌓은 사람이라면 대개 자기의 직업에 대해 자신만의 의견과 태도를 지니게 된다. 그런 견해를 갖게 된 이유, 그런 태도가 퇴근하고 나서의 자신에게 어떤 영향을 미쳤는지를 살펴보자. 그 사연은 삶과 주변 세계에 대한 철학으로 이어진다. 특별한 취미나 다른 열정의 목표에 대해서도 같은 말을 할 수 있겠다. 그때도 중요한 것은 대상 자체가 아니라 그 대상을 매개로 나의 주관적 경험을 펼치는 일이다. 에세이는 무미건조한 설명문이 아니다.

몇 달, 혹은 몇 년에 걸쳐 겪은 강렬한 일화가 있다면 하나의 서사로 정리해보는 일도 추천한다. 그 일은 어떻게 시작되었고, 나는 왜 그렇게 행동했고, 나는 그때 무엇을 느꼈고, 그 일은 어떻게 끝났으며, 내게 무엇을 남겼는가? 큰 병을 앓았을 때의 일도 좋고, 적성에 맞는 직업과 직장을 찾아 방황하며 겪은 기억도 좋다.

아마 많은 경험이 투쟁 서사이기도 하고 성장 서사이기도 할 것이다. 다만 이걸 너무 비장하게, 어떤 정형에 맞춰 쓰면 과거에 '수기'라는 이름으로 유행하던 신파적인 글처럼 보이게 된다. 이 경우에도 해법은 추상

적인 서술을 피하고 생생하고 솔직하게 쓰는 것이다. 살아 숨 쉬는 인간은 절대로 신파로 보이지 않는다.

공감 에세이, 치유 에세이가 범람한다고 다른 사람들이 공감할 만한 사안을 찾아서 그걸 쓰는 게 맞는 접근법일 리 없다. 독자는 허위와 가식이 끼어든 글을 기막히게 알아차린다. 쓰는 사람도 재미가 없을 것이다. 나라는 인간을 솔직하게 드러내고 그 모습으로 독자를 공감시켜야 한다.

그런 글을 쓴다면 놀라운 발견도 하게 된다. 내 눈에도 보이지 않는 나의 내면을 언어라는 도구로 비추고 더듬어 파악하고, 그걸 정직한 문장으로 표현하는 행위에는 대단한 심리적 치료 효과가 있다. 쓰는 사람 자신을 위로하는 글은 다른 사람도 치유할 수 있다.

P. S.

자서전을 쓰는 것에 대해서는 개인적으로 반대 의견이다. 저명인사가 아닌 이상 어지간히 잘 써도 출판 가능성은 낮기 때문이다. 그보다는 삶의 특별한 사건이나 변곡점에 맞춰 에세이를 쓰는 것이 낫다.

요즘은 지방자치단체의 교육기관이나 문화센터를 중심으로 자서전 쓰기 프로그램이 많고, 관련 책도 많이 나온다. 이 프로그램이나 책들은 출간을 목표로 한다기보다는 글쓰기 마중물을 제공한다는 데 초점이 맞춰진 것 같고, 그런 점에서는 유용하다고 생각한다.

　　그냥 쓰기는 쉽지만 잘 쓰기는 어려운 게 자서전이다. 한 사람의 삶은 길고 곡절이 많다. 책 한 권 분량에 기승전결 형태로 깔끔하게 정리하기는 잘 훈련된 작가에게도 쉽지 않다.

10

욕먹을 각오 하고, 인용 욕심과
감동에 대한 집착 버리세요

에세이 쓰기 ② 왜 솔직해지지 못하는가

젊은 기자들이 모이면 저마다 자기 출입처에서 일어난
사건이 세상에서 제일 중요한 일처럼 과장하고 으스댄
다. 그런데 사실 기자들조차도 다른 부서 출입처에서
무슨 일이 일어나는지 제대로 모르는 경우가 대부분이
라, 대화 자체가 잘 안 된다. 왁자지껄하다가 결국에는
방송연예 담당 기자에게 좌중의 관심이 모아진다. 누구
만나봤어? 누구는 정말 예뻐? 무슨 루머는 진짜야?

정작 방송을 담당하는 기자 동기는 자기 일이 그다
지 재미없다고 푸념했다. 기자가 화려한 스타를 만나
인터뷰하는 것은 대부분 영화나 드라마 제작발표회나
시사회 같은 홍보 행사에서다. 스타들은 자신들이 딱

보여주고 싶은 만큼만 보여주고, 조금이라도 논란이 있을 만한 이야기는 삼가려 한다. 작품이나 캐릭터에 대한 질문에도 "감독님께서 이러저러하게 설명하셔서 그러저러하게 하려고 노력했다"는 식으로 자기 생각이 아닌 연출자의 의견만 전하는 사람도 있다고 한다.

"모든 질문에 그렇게 다 맥 빠지는 정답만 말하는 배우들이 많아. 기획사에서 그렇게 요구하는 거겠지. 일단 욕먹는 걸 피해야 할 테니. 그런 얘기는 한참 듣고 나도 기사에 쓸 내용이 거의 없어. '열심히 했으니 재미있게 봐주세요' 하는 말만 적을 수는 없잖아."

방송 담당 동기로부터 이런 얘기를 처음 들었을 때에는 '과연, 그런 면도 있겠구나' 하고 겨우 고개를 끄덕일 수 있었다. 그런데 나이가 들면 들수록 그 말을 실감하게 된다. 세상에 모든 면에서 정답대로 사는 사람만큼 따분한 인간도 없다. 사실 그런 인간은 존재하지 않는다.

뽐내고 싶은 욕심 길들이는 법

누구나 마음속에는 세계에 대해 흥미로운 관점, 기발한

생각, 독특한 태도, 남다른 의견이 있다. 그것이 바로 그 사람의 개성이며, 개성이 강한 이들은 좋은 방향으로든 나쁜 방향으로든 우리 눈길을 끈다. 개성은 잘생긴 외모만큼 즉각적이지는 않아도 더 길게, 그리고 종종 더 깊이 사람을 매료시킨다.

에세이는 그런 개성이 핵심인 장르다. 다소 거친 설명이겠지만 '어떻게 하면 에세이를 잘 쓸 수 있느냐'는 질문은 두 가지 과제로 쪼개어 살필 수 있다. '어떻게 하면 나만의 특별한 생각을 발견하고 키울 수 있느냐', 그리고 '어떻게 하면 그 생각을 잘 펼쳐 보일 수 있느냐'다. 전자는 다음 장에서 다뤄보기로 하고, 이번 장에서는 내 개성을 제대로 드러내는 방법을 함께 고민해보자.

많은 경우 자기 내면을 솔직하게 드러내지 못하는 첫 번째 이유는 욕을 먹는 데 대한 두려움이다. 영화 시사회장에서 무대에 오른 배우와 같은 심정이 되기 때문인데, 이름을 알려야 하는 신인 작가(연예계 스타와는 처지가 매우 다른)에게는 참으로 바람직하지 않은 자세라 하겠다.

일부러 논란을 일으키거나 반사회적인 쇼를 하라는 것이 아니다. 그저 내 생각을 있는 그대로 써낼 뿐인데 그걸로 욕을 먹는다면 먹는 거다. 좋은 에세이를 쓰려면 그 정도 각오는 있어야 한다. 비판이 걱정된다면 자기 생각을 떳떳이 밝히되 그런 생각을 하게 된 이유를 설득력 있게 펼칠 궁리를 하는 편이 옳은 방향이다. 그럼에도 논쟁거리가 될 사안이라면, 아주 좋은 글감이다. 아마 당신 편을 들 독자도 많을 거다.

솔직함을 막는 두 번째 요소는 자신을 치장하고 싶고, 뽐내고 싶은 욕심이다. 사실 아무리 오랫동안 수련한 종교인이라도 이 욕심에서 자유롭지는 못할 것이다. 나 역시 마찬가지다. 그래도 정도껏이다. 잘못하면 글이 화장한 초등학생 얼굴 같아진다.

어느 이름난 에세이 작가의 책을 읽다가 철학자나 소설가의 멋들어진 문장이 너무하다 싶을 정도로 자주 튀어나와 놀란 적이 있었다. 세어보니 심한 경우에는 한 페이지에 다섯 문장이 남의 어록이었다. 꼭 필요한 인용도 아니었다. '누가 이렇게 말했듯이, 누가 저렇게 말했듯이' 하고 뒤에 쓸 자기 생각을 꾸미는 용도였고, 맥락이 맞지도 않았다. '나 이런 사람들이 이런 말 했다는 거 알아' 하고 자랑하려는 심리밖에 보이지 않았다. 읽는 나로서는 '이 작가는 자기 생각을 자기 언어로 말하지 못하는구나' 하는 생각이 들었다.

허영의 대상이 지식이 아니라 도덕적 우월감이나

예민한 감수성, 사회에 대한 비판 의식, 아름다운 문장, 유머 감각일 수도 있다. 어느 방향이든 과하면 안 좋은 쪽으로 웃음거리가 된다. 글쓰기에 익숙하지 않을 때에는 사춘기처럼 누구나 이런 시기를 겪는다고 본다. 기실 그런 허영심이 글쓰기의 동력이기도 하다. 뛰어난 작가들의 담백하고 성숙한, 좋은 에세이들을 찾아 읽으며 그런 욕심을 슬기롭게 길들여보도록 하자.

특히 탁월한 에세이스트였고 엄청나게 많은 에세이와 칼럼을 쓴 조지 오웰의 《나는 왜 쓰는가》를 추천한다. 이 책에는 오웰의 산문 스물아홉 편이 실려 있는데, 책과 제목이 같은 에세이에서 오웰도 작가가 글을 쓰는 중요한 동기로 허영심을 꼽는다. "똑똑해 보이고 싶은, 사람들의 이야깃거리가 되고 싶은, 사후에 기억되고 싶은, 어린 시절 자신을 푸대접한 어른들에게 앙갚음을 하고 싶은 등등의 욕구"를 부정할 필요는 없다는 것이다. 그런데 오웰은 같은 책에 실린 〈정치와 영어〉라는 칼럼에서 죽은 비유, 젠체하는 용어, 무의미한 단어 남용을 다양한 사례를 들며 날카롭게 비판하기도 한다. 에세이를 잘 쓰는 법이 궁금한 이들에게 큰 도움이 될 글이고, 또 그 자체로 좋은 모범이라 생각한다.

미사여구보다 아름다운 것

솔직함을 방해하는 세 번째 요소는 교훈과 감동에 대한 집착이다. 에세이는 교훈적이거나 감동을 줘야 한다고 믿는 이들이 의외로 많다. 돌이켜보면 학창 시절 백일장에서는 늘 그런 억지 감동을 짜낸 작문이 상을 탔던 것 같다. 심사를 맡은 선생님들도 에세이란 그런 것이라고 믿었던 모양이다. 어린 마음에도 모범생들의 수상작 낭독을 들으며 '저건 틀림없이 뻥인데' 하고 느꼈다. 요즘은 공허한 '감성 에세이'들이 그 잘못된 전통을 잇는 듯하다.

어느 장수 라디오 프로그램에서 실시하는 청취자 에세이 공모전의 심사를 맡은 적이 있었다. 역사가 40년이 넘은 행사인데, 가벼운 마음으로 심사위원을 맡았다가 시청자들이 보내온 온갖 고통스러운 사연들에 마음이 내려앉았다. 가난, 가정폭력, 직장 내 괴롭힘, 투병, 한국 현대사에 얽힌 비극들, 아이의 죽음, 치매 가족 간병…… 읽으며 깊이 감동했다.

그런데 그렇게 심금을 울린 몇몇 응모작들이 마무리가 아쉬워 안타까웠다. 단순히 기술적인 문제라고 보기는 어려웠다. 진솔한 글줄을 인상 깊게 읽다가 끝에 가서 고개를 갸웃하게 되는 경우였다. 자신을 학대한 가족에 대한 원망을 꾹꾹 눌러 담은 문장이 느닷없이 '그러나 지금은 상대를 용서했다, 그곳 하늘에서는 편하신가요'라는 결말로 끝난다면 읽는 이가 누구라도 나처럼 머리를 긁적이게 될 것이다. 글쓴이는 분명히 상대를 용서하지 않았다. 그럼에도 마음속에서 '에세이는 교훈적으로, 감동적으로, 착하게 끝나야 한다'는 부조리한 검열 기제가 작동하는 듯했다.

에세이에 결론이 있으면 좋다. 그런데 결론이 없어도 좋다. 상대를 원망하는 에세이도 나쁘지 않다. '지금도 당신을 용서하지 못한다. 그리고 나는 여전히 고통스럽고 혼란스럽다'고 글을 마쳐도 된다. 그게 정직한 심정이라면 그렇게 마쳐야 한다. 감동을 받고 교훈을 얻은 일화가 있다면 그에 대해 쓰라. 그러나 갑남을녀 대부분은 그보다는 일상에서 고통과 혼란을 느낀 적이 더 많을 것이다. 그렇다면 고통과 혼란에 대해 쓰라. 괜찮다.

오히려 그런 고통과 혼란의 묘사에서 진솔한 에세이만이 줄 수 있는 뜻밖의 감동이 나올 수 있다. 글의 힘은 참으로 오묘한 것이다. 정직하게 잘 쓴 글은, 거기서 묘사하고 있는 사건뿐 아니라 그 글을 쓸 때 작가의 자

세도 독자에게 보여준다. 내면의 고통과 혼란에 정면으로 맞서 싸우는 한 인간의 모습은 늘 아름답고 감동적이다. 어떤 미사여구도 거기에는 못 미친다.

그리고 다시 한번, 글의 힘은 참으로 오묘하다. 정확한 언어로 자기 안의 고통과 혼란을 붙잡으려 할 때, 쓰는 이는 변신한다. 그런 글을 쓰면 쓸수록 그는 자기 인생의 주인이 되어간다. 에세이 작가는 단어와 자기 마음을 함께 빚는다. 한번 그 맛을 알면 점점 더 솔직하게 쓰게 된다. 에세이는 사람을 성장시키는 장르다.

P. S.

〈나는 왜 쓰는가〉는 오웰의 에세이집《책 대 담배》에도 실려 있다. 아주 얇은 책이다.

11

튀려고 할수록 사라지는 개성,
그 얄궂음에 대하여

에세이 쓰기 ③ 내 마음의 모양 알아차리기

영국 팝스타 스팅의 노래 중에 〈셰이프 오브 마이 하트 (Shape of my heart)〉라는 명곡이 있다. 영화 〈레옹〉 의 주제가였던 바로 그 노래다. 제목을 우리말로 옮기 면 '내 심장의 모양'이나 '내 마음의 모습'이라고 해야 할 까? 노래 속 화자는 후렴구에서 "그건 내 마음의 모양이 아니에요"라고 쓸쓸하게 읊조린다.

이번 장에서 이야기하고 싶은 것이 '내 마음의 모양 알아차리기'다. 에세이의 핵심은 저자의 개성이며, 자신 의 개성을 발견하고 키워야 에세이를 잘 쓸 수 있다고 지난 장에서 설명했다. 그런데 개성이라는 단어는 오해 를 많이 사는 듯하다. 젊은 세대의 전유물처럼 쓰이기도 하고, 통통 튀는 말솜씨라든가 특이하고 강한 성격과 연관되기도 한다. 그런 오해를 막기 위해 '마음의 모양'이라는 표현을 사용했다. 우리는 모두 마음의 모습이 다른데, 자기 마음이 어떻게 생겼는지 대충이라도 아는 사람은 매우 적다.

개성을 밝히는 유일한 빛, 자문자답

쉬운 질문을 먼저 던져본다. 다른 사람의 생각과 행동에 무조건 반대하고, 튀어 보이는 일을 골라 저지르면 내 개성이 드러나고 발전할까? 절대 그렇지 않다. 그냥 튀어 보이고 싶어 안달 난 사람처럼 보일 뿐이다. 그만큼 몰개성한 짓도 없을 것이다. 당사자의 내면도 점점 가볍고 하찮아진다. 그의 행동은 모두 타인의 시선을 향한 것이므로. '난 남들과 다르다'고 선언한다고 저절로 나다워지는 것이 아니다. 나답게 말하고 행동하면 자연스럽게 남과 다른 존재가 되는 것이다.

몇몇 스포츠 용품이나 탄산음료 회사들은 이 '나다움'에 대해 잘못된 관념을 퍼뜨린다. 그들은 먼저 현대는 사람들의 개성을 없애고 규격화하려는 시대라고 선언한다. 그리고 그런 집단적 억압에 맞서 일탈하는 것, 사적인 욕망을 마음껏 발산하는 것이 개인됨을 회복하는 일이라는 주장을 펼친다. 이 기업들은 '생각하지 않고 느끼는 것, 저지르는 것'을 통해 남들과 달라지고 진정한 나를 찾게 된다는 메시지를 애용한다. 결론은 망설이지 말고 자기들 물건을 사라는 얘기다.

이는 교묘한 궤변이다. 우리는 현대사회에서 개성을 버리라는 압박을 분명히 받지만, 한편으로는 '당신은 개성이 부족하다'는 억압 역시 함께 받는다. 적어도 지금 사회는 포드가 검은색 자동차를 대량생산으로 찍어내던 시절보다는 덜 획일적이며, 세상이 요구하는 피상적인 개성의 수준이 높아졌다. 아침에 머리를 다듬고 입을 옷을 고를 때마다 우리는 그런 사회적 요구에 부응하려 애쓴다.

그리고 사람의 개성은 기실 충동과는 별로 관련이 없다. 오히려 사람들의 충동이야말로 대개 비슷하다. 더운 날에는 비슷비슷하게 목이 마르고, 응원하는 팀이 억울한 판정을 당하면 함께 울분이 치솟으며, 매력적인 사람이 근처를 지나가면 같은 방향으로 신경이 쏠린다. 생각 없이 느끼고, 저지르고 싶은 것을 그 자리에서 해치울수록 우리는 서너 개의 범주로 쉽고 단순하게 파악할 수 있는 존재가 된다. 값비싼 '신상' 신발을 신고 최신 유행인 아웃도어 의류를 걸치고 다니면 개성이 커지는 게 아니라 줄어든다. 무슨 무슨 족(族)이 될 뿐이다.

개성을 발견하고 키우려면 저지르지 말고 관찰해야 한다. 느끼지 말고 생각해야 한다. 충동은 마음이라는 바다 표면에서 끊임없이 일렁이는 물결과 같다. 또는 동굴 입구에서 부는 바람과 같다. 프로이트나 융을 들먹이지 않아도 우리는 그 동굴 속이 어떻게 생겼는지 모른다. 잠수함을 타고 수면 아래로 내려가보자. 횃불을 들고 동굴 안으로 들어가보자. 심리 상담이나 분석을 받지 않아도 되고, 어려운 심리학 이론을 공부할 필요도 없다. 자문자답이 우리의 잠수함이고 횃불이다.

다섯 번째로 좋아하는 영화는?

처음부터 '내 삶의 목적은 무엇인가' 같은 어려운 질문을 던지지는 말자. 쉬운 질문, 오래 생각하면 누구나 답을 발견할 수 있는 질문부터 던져보자. 예를 들어, 당신이 세상에서 다섯 번째로 좋아하는 영화는 무엇인가? 이 질문에 바로 답할 수 있는 사람은 많지 않을 것이다.

어떤 사람이 세상에서 좋아하는 영화가 다섯 편이 넘고, 그 영화들을 다 똑같은 정도로 좋아하는 게 아니라면, 분명히 다섯 번째로 좋아하는 영화도 있다. 그러나 그 답은 동굴의 어둠 속에 있다.

다섯 번째로 좋아하는 영화를 대려면 첫 번째로 좋아하는 영화, 두 번째로 좋아하는 영화도 알아야 한다. 다섯 번째로 좋아하는 영화를 네 번째로 좋아하는 영화보다는 조금 덜 좋아하고 여섯 번째로 좋아하는 영화보다는 조금 더 좋아하는 이유도 알아야 한다. 물론 올해의 순위가 지난해의 순위와 다를 수 있고, 내년에는 또 달라질 수도 있다. 그러나 적어도 올해의 순위가 존재하기는 할 것이다. 그 순위와 이유가 지금 당신의 개성이다. 고작 영화 다섯 편과 그에 대한 설명이지만, 그게 당신과 똑같은 사람은 없다.

좋아하는 영화 1~5위와 이유를 딱 두 줄씩이라도 써보라. 공동 1위나 공동 2위 같은 것이 없게, 분명하게 순서를 매겨보라. 자신이 어디에 가치를 부여하는지, 결국 자신이 어떤 사람인지, 전보다 더 잘 알게 된다. 이 작업을 하면서 자신의 개성을 발견한다고 할 수도 있고 발명한다고 할 수도 있다. 참고로 이 글을 쓰는 내가 다섯 번째로 좋아하는 영화는 커티스 핸슨 감독의 〈엘에

이〈(LA) 컨피덴셜〉이고, 네 번째로 좋아하는 영화는 미야자키 하야오 감독의 〈모노노케 히메〉다.

자, 이제 조금 더 어려운 질문들을 스스로에게 물어보자. 스스로 성인이라고 느낀다면, 성인이 된 날은 언제인가? 만 19세가 된 그날이었나? 아니라면 언제인가? 왜 그날인가? 이 질문에 답하려면 자신의 유년기와 청년기를 살펴야 하고, '어른'이란 무엇인지 자신만의 정의를 내려야 한다. 술을 마실 수 있는 나이가 되는 게 어른인지, 경제적으로 독립하는 게 어른인지, 세상의 쓸쓸한 면을 알아차리면 어른이 되는 것인지, 답은 저마다 다를 것이다. 당신의 답이 당신의 개성이다. 개성을 발전시킨다는 것은 결국 삶과 세계에 대한 관점과 견해—인생관, 세계관—를 쌓는 일이다.

당신의 답이 당신의 개성이다

이런 질문 후보는 무수히 많다. 글쓰기 훈련의 재료로도 그만이다. '가을'이라든가 '추억' 같은 제목보다는 답이 구체적으로 나오고, 개인적인 사연을 치열하게 풀 수 있는 제목으로 글쓰기 연습을 하는 게 낫다고 본다.

이를테면 '나를 성장시킨 경험 세 가지' '내가 가본 가장 멋진 장소' '오늘 내 기분을 표현하는 단어 네 개' 같은 식이다.

일기를 쓰는 것은 물론 아주 좋은 연습이다. 그런데 일기장은 단순히 감정을 쏟아내는 대상 이상이 될 수 있다. '난 오늘 종일 우울하다'라고 썼다면 그 뒤를 '왠지 모르겠다'는 맥 빠지는 문장으로 마무리하지 말고 횃불을 들고 동굴 더 깊은 곳을 밝혀보자. 어쩌면 아주 시시한 이유 때문인지도 모른다. 며칠째 비가 와서 그렇다든가. 어쩌면 자신의 좀스러움을 발견하는 계기가 될 수도 있다. 사촌이 강남 아파트를 샀다는 소식을 아침에 들어서 그랬다든가.

모호하고 모순되는 감정을 억지로 정리하라는 것이 아니다. 그 모호함과 모순됨의 모양을 살피라는 것이다. 《제2의 성》을 쓴 시몬 드 보부아르는 미국을 여행하면서 "미국을 좋아하세요?"라는 질문을 자주 받았고, 여행기에 이렇게 적었다. '미국이 내 마음을 사로잡지 않은 날이 없고, 또 나를 실망시키지 않은 날이 없다. 내가 여기서 행복하게 살 수 있을지는 모르겠다. 하지만 열렬히 그리워하게 될 거라는 건 확신한다.' 보부아르는 미국에 대한 자신의 감정이 매우 강렬하며, 그게 선망과 환멸이 섞인 복잡한 모양새라는 사실을 알았다.

자신이 어떤 사람인지 알면 알수록 다른 일들에 대해서도 "그냥요" 같은 대답을 점점 안 하게 된다. 좋아하는 영화 다섯 편의 순위를 매기는 데 사용한 가치판단의 기준이 좋아하는 책 다섯 권을 고르는 데에도 적용된다. 방금 보고 나온 신작 영화에 대해 흡족하거나 언짢은 까닭에 대해서도 당신만의 의견을 보다 자세하고 정연하게 말할 수 있게 된다.

그러면 어느 순간부터 주변 사람들이 당신에 대해 "주관이 뚜렷한 사람, 자기 색깔이 있는 사람"이라고 말하기 시작할 것이다. 그렇게 글을 쓸수록 당신은 더 개성적인 사람, 자기 세계와 무게중심이 있는 사람이 되어간다.

P. S.

시몬 드 보부아르는 1947년에 넉 달 동안 미국을 여행했다. 마음이 꽤 어지러운 시기가 아니었을까 짐작해본다. 만 39살이었고, 책을 몇 권 냈지만 큰 성공은 거두지 못한 상태였다(《제2의 성》을 발표하기 2년 전이었다). 반면 그녀와 계약결혼 관계였던 사르트르는 스타 철학자가 되어 어린 여자들과 바람을 피우고 있었다.

1947년은 이전까지 세계의 중심이던 유럽이 미국에 그 자리를 넘겨주던 때이기도 했다. 프랑스는 2차 세계대전의 상흔으로 신음 중이었고, 미국은 유럽에 구호물자를 보내고 있었다. 콧대 높은 프랑스 지식인들에게는 퍽 자존심이 상하는 상황이었다. 동경심과 열패감이 뒤섞인 복잡한 심정으로 그녀는 미국 구석구석을 여행하고, 특정한 주제 없이 그날그날 느낀 것을 일기처럼 적는다. 그 기록이 《미국여행기》다.

보부아르는 샌프란시스코 금문교의 화려함과 시카고 최하층 술집의 생기에 감탄한다. 반면 사회 전체에 깔린 듯한 얄팍한 낙관주의와 깊은 인종차별에는 진절머리를 낸다. 그녀의 시선은 큰 것도 작은 것도 예리하게 포착한다. 찰리 채플린이 유명인사들 앞에서 으스대는 동안 우울한 표정으로 떨어져 앉아 있는 그의 아내를 그녀는 놓치지 않는다.

보부아르는 할리우드, 그랜드캐니언, 나이아가라 폭포를 구경하고, 카지노에서 도박을 하고, 나이트클럽에서 술을 마시고, 호텔에서 대마초를 피운다. 그녀는 재즈에 빠지고, 젊은 미국 작가들과 새벽까지 영문학을 논한다. 그러나 흥분하는 법은 없다. 차분하고 아름다운 문장을 읽다 보면 쓸쓸한 미소를 짓는 여인의 얼굴이 떠오를 것 같다.

이 책을 펼칠 때면 깊은 밤에 분위기 좋은 재즈클럽이나 바에 혼자 앉아 있는 듯한 기분이 든다. 조금 외롭고, 그런 동시에 조금 들뜨는. 책에서는 많은 인물이 이름 없이 그저 이니셜로만 등장하는데, 그중 'N. A.'가 소설가 넬슨 알그렌이다. 보부아르는 미국에서 한 살 연하의 이 남자를 만나 불꽃같은 사랑에 빠졌다. 책에 직접적인 언급은 없지만, 어떤 '사랑의 기운'은 페이지 내내 충만하다.

12

구체적 단상이 추상적 사고로
발전하려는 간질간질한 순간

에세이 쓰기 ④ 삶을 사랑하는 태도와 나만의 철학

에세이를 잘 쓰기 위해 가장 중요한 자질이 뭘까. 나는 '삶을 사랑하는 태도'라고 생각한다. 무언가를 사랑하면 그 대상을 유심히 헤아리게 된다. 그에 대해 할 말이 많아진다. 좋은 에세이에는 그렇게 삶에 대한 남다른 관찰과 애정이 담긴다.

내게 있어서는 그것이 에세이를 읽는 이유이고, 좋은 에세이를 읽고 나면 저자에게 호감을 품게 되는 이유이기도 하다. 그런 점에서 소설과 다르다. 틀림없이 좋은 소설인데 읽고 나서 저자에 대해 무섭다거나 불쾌하다고 느끼는 경우도 있으니까. 훌륭하지만 섬뜩한 소설도 많다. 하지만 그런 에세이는 읽은 기억이 없다.

삶의 풍미는 자세히, 오래 볼수록

그렇다고 글을 쓰기 위해 마음 수양을 하거나 도를 닦으라는 얘기는 아니다. 삶이라는 추상명사는 어디에나 존재하고 어디에도 존재하지 않는다. 세상의 모든 것이 삶의 부분집합이다. 내가 무언가를 사랑한다면 곧 나는 삶을 사랑하는 것이다. '자세히 보아야 예쁘다, 오래 보아야 사랑스럽다'는 나태주 시인의 시처럼 대상을 자세히, 오래 보고 생각하는 시간을 갖기를 권한다. 그 대상은 현실에 존재하지 않는 것일 수도 있고, 과거에 있었다가 사라진 것일 수도 있다. 찾아보자.

어떤 면에서는 에세이를 쓰는 것 자체가 그 훈련이다. 삶을 사랑하는 태도를 지녀야 좋은 에세이를 쓸 수 있지만, 동시에 에세이를 쓸수록 삶을 사랑하는 자세를 몸에 익히게 된다. 그래서 나는 모든 사람들이 에세이를 쓰는 사회를 꿈꾼다. 그게 내가 사랑하는 대상이다. 현실에 존재하지는 않지만.

에세이에 꼭 사색과 철학을 더해야 할 필요는 없다고 생각한다. 주변 사물을 다정하게 관찰하고 희로애락을 진솔하게 드러내는 문장들만으로도 빼어난 산문이 된다. 신변잡기류의 글도 좋다. 하지만 거기에 글쓴이가 오랫동안 고민해서 발전시킨 독창적인 사유가 몇 숟 갈 들어간다면 금상첨화이지 않을까. 나는 당신의 에세 이에서 삶을 향한 애정뿐 아니라 삶에 대한 남다른 통 찰도 읽고 싶다.

아쉽게도 우리의 글쓰기 교육이 그런 능력을 키워 주는 것 같지는 않다. 논리력, 사고력을 키워준다는 논 술교육 대부분은 복잡하지 않은 주장을 한 시간 안에 서론-본론-결론의 꼴을 갖춰 써내는 데 초점을 맞춘다. 대학입시부터 입사시험까지 논술평가의 틀이 거의 다 그러하기 때문이다. 독창적이고 참신하기보다는 무난 하게 쓰는 전략이 효과적이다.

신문사에 다닐 때에는 언론사 논술시험에 붙는 법 에 대해 기자 지망생들의 질문을 자주 받았다. 답부터 말하자면 양비론을 피하고 문제를 받자마자 결론을 정 한 뒤 한 방향으로 빨리 쓰는 게 좋다. 몇몇 수험생들의 오해와 달리 사상 검증과는 관련이 없다. 시험 단계로 따지자면 초기 관문이며, 회사의 중역들이 채점하지도 않는다. 이후에 면접에 들어가면 원점 기반에서 평가한 다. 잘 쓴 글을 골라내는 게 아니라 못 쓴 글을 걸러내는 용도란 얘기다.

이런 글을 '잘' 쓰기 위해 기자 지망생들은 논술 스

터디를 만들어 대비한다. 논술학원에서 글을 가르치는 방식도 비슷하다. 스톱워치로 시간을 재면서 갑자기 맞닥뜨린 주제로 깔끔하게 시험지를 채우기 위해 애쓴다. 서론을 지나 본론으로, 1번 주장을 펼치고 1번 근거를 쓰고, 2번 주장 다음 2번 근거, 3번 주장이 있으면 그것도 근거와 함께 쓰고 그 뒤에 마무리 짓는 결론……. 그 짧은 시간에 복잡한 사유를 펼치려다가는 시간을 못 맞춘다. 물론 세상에는 그런 글도 필요하다. 하지만 에세이는 그런 식으로 배울 수 없다.

에세이에 철학을 담는 법 얘기인데, 우리의 철학 교육은 어떨까. 간혹 10대를 위한 철학 입문서들을 훑다 보면 철학책이 아니라 철학사 책이 아닌가 싶을 때가 많다. 소크라테스가 뭐라고 말했는데 플라톤은 뭐라고 했고 데카르트는 어땠고 칸트는 어쌨고……. 대철학자들의 사상이 하도 어마어마한지라 그 앞에서 내 생각을 쉽게 펼치기는 어렵다. 심지어 그들의 주장에 대한 비판과 반박까지 정리되어 있다.

시사 이슈를 놓고 벌이는 토론 교육도 그렇다. 대개의 이슈는 찬성과 반대 두 가지로 편리하게 분해되며, 각 진영의 의견은 검색으로 금방 알 수 있다. 청소년들이 그렇게 사회 현안에 문제의식을 갖는 게 나쁜 일은 아니겠으되, 어째 그 틀이 음식점에서 세트 메뉴를 고르는 것과 비슷해 뵌다. 특히 학생들이 세상 모든 일이 찬반 두 가지 옵션으로 나눠지고 이후에 정반합(正反合)이라든가 다수결이라든가 심사위원단 판정으로 해법이 나온다고 여기게 된다면 그것은 위험하다. 늘 새롭고 엉뚱한 길이 있다. 때로는 해법을 내지 않는 게 해법인 경우도 있다.

부디 '행복했다'에서 그치지 않기를

에세이를 쓰다 보면 논설문을 쓰거나 토론을 할 때와는 다른 방식으로 사색가, 철학자가 될 기회가 생긴다. 사랑하는 대상의 여러 면을 오래 유심히 살피다 보면 자연스럽게 형이상학적인 유추를 하게 되기 때문이다. 인간은 구체적인 현실에서 추상적인 사고로 도약할 수 있는 존재다. 정규교육을 단 하루도 받지 못한 사람이라 하더라도 자기가 보고 듣고 겪는 일에 대해 속담을 적절히 인용할 수 있지 않은가. 어떤 인공지능도 아직 그런 일은 못 한다.

속담을 인용하는 걸 넘어서, 나만의 격언, 금언을 만

들면 어떨까. 거창한 작업이 결코 아니다. 인터넷에 돌아다니는 누구누구 어록이 다 현대판 속담들이고 미래의 격언이다. 어떤 상황에서 인간 본성이나 세상이 돌아가는 방식에 대한 깨달음이 있다면 남이 한 멋있는 말을 검색하기에 앞서 내가 짧고 굵게 표현해보자. 애써 멋을 부릴 필요는 없다. '무언가를 사랑하면 그 대상을 유심히 헤아리게 된다' 같은 단순한 문장이라도 좋다. 그런 일반화, 범주화 과정에서 저자의 사색과 철학이 담기게 된다.

요즘은 일반화와 범주화를 폭력적인 기법으로 여기는 분위기가 있는 듯하다. 일반화 과정에서 개인, 그리고 개별적 상황의 특수함을 놓치게 된다는 지적은 옳다. 그러나 그것은 사고의 본질이기도 하다. 우리는 일반화, 범주화 없이 무언가에 대해 생각할 수 없다. '버스'라는 범주화된 개념이 없다면 낯선 사람이 운전하는 커다란 차를 어떻게 믿고 탈 수 있을까? 애초에 '일반화가 개별성을 희생시킨다'는 서술조차 일반화다.

속담 다음은 사전을 만드는 단계다. 여러 추상명사들을 나만의 방식으로 정의해보자. '맛있게 먹었다'에서 멈추지 말고 미식의 요건은 무엇인지에 대해 쓰고, '행복했다'에서 그치지 말고 행복이란 무엇인지에 대해 써보자. 그러려면 인생의 풍미와 즐거움의 의미에 대해 잠시 고민해야 할 것이다. 국어사전의 정의에 얽매이지 말자. 어차피 사전의 설명은 편의적이고 임시적이다. 단어의 뜻은 계속 변한다.

나는 아내와 함께했던 보라카이 여행기 《5년 만에 신혼여행》에서 '결혼의 핵심은 지키기 어려운 약속을 지키겠다는 선언에 있다'고 호기롭게 쓴 바 있다. 그 약속을 하는 연인의 성별이 같건 다르건 그런 건 문제되지 않는다고 생각했다. 하지만 서로 사랑한다는 커플이 같은 집에서 몇 년째 함께 사는 사이라고 해도 '우리 영원히 함께하겠다'는 선언을 하지 않는다면 그것은 동거이지 결혼은 아니라고 생각했다. 결혼식을 얼마나 성대하게 치르느냐, 아예 예식을 올리느냐 마느냐 하고도 관련이 없다고 믿는다. 표준국어대사전에 나오는 '남녀가 정식으로 부부 관계를 맺음'이라는 설명과 다른, 나의 철학이다.

구체적인 단상이 추상적인 사고로 발전하려는 간질간질한 순간을 느끼고 생각을 발전시키는 방법은 그 외에도 많을 것 같다. 어느 순간 찾아오는 막연한 기분에 정확한 이름을 붙이기, 책이나 영화에 대해 오독을 겁내지 않고 자유롭게 해석하기, 마음에 들지 않는 대상에게 가상의 변호사를 붙여주기, 내 안의 야당과 대화하기 등등. 중요한 것은 그 서사에서 주인공 자리에 내가 들어서야 한다는 것이다. 어느 철학자의 이론이라든가 한민족의 미래 같은 것이 아니라.

나는 뇌에도 일종의 근육이 있지 않나 상상한다. 그리고 이 경우에도 역시 에세이를 쓰는 것 자체가 그 근육을 키우는 훈련이라고 믿는다. 사색을 자주 할수록 사색하는 힘이 커지고, 에세이를 쓸수록 나만의 철학이 딴딴하게 영근다.

P. S.

결혼에 대한 표준국어대사전의 설명은 유효기간이 거의 다한 것 같다.

13 본명을 써야만 떳떳할까?

에세이 쓰기 ⑤ 감추기의 기술들

'좋은 에세이를 쓰려면 자신만의 개성을 가꾸고 솔직히 잘 드러내야 한다, 좋은 글에는 개성이 드러난다'는 이야기를 하면 듣게 되는 질문이 있다. 드러내고 싶지 않은 부분은 어떻게 하느냐는 것이다. 몰래 하던 불온한 생각, 자신이나 다른 사람의 사적인 사연, 지인들에 대해 품고 있던 원망 등등.

그런 질문을 받으면 먼저 내 사례를 든다. 어지간히 솔직히 에세이를 써도 별일 안 일어난다. 자기와 생각이 비슷하다고 좋아하는 사람도 있고, 뭐 이따위 생각을 하느냐며 불쾌해하는 독자도 있다. 지인 중에는 "그랬어?" 하며 재미있어하는 이도 있다. 그게 전부다. 결국 나를 좋아하는 사람과 싫어하는 사람의 비율은 에세이를 쓰기 전이나 후나 별로 달라지지 않은 것 같다.

　마음 깊은 곳을 드러내는 데 대한 예비 저자들의 걱정은 지나보면 허탈할 정도로 별일 아닌 것이 대부분이다. 좀 더 용기를 내시라고 말씀드리고 싶다. 하긴, 이러는 나는 몇 년 전까지 원고를 동네 문구점에서 제본할 때 사장님이 내 글의 첫 장을 쳐다보는 것도 무안했다. 겉봉에 출판사 주소를 적은 우편물을 우체국에 접수하는 게 부끄러워서 무인 우편창구를 찾아다닌 적도 있었다. 물론 우체국 직원들은 내 원고에 신경도 쓰지 않았다. 그리고 문구점 사장님과는 나중에 친해져서 문학 이야기도 나누게 되었다. 제본할 원고가 많아 하도 자주 드나들다 보니 그렇게 되었다.

　그러나 글을 쓰다 보면 정말로 마음에 걸리는 이야기도 있을 것 같다. 다행히 그런 경우에 집필을 포기하지 않고 살짝 우회하는 길도 여러 가지 있다. 이미 많은 작가들이 쓰고 있는 요령을 몇 가지 소개한다. 정면으로 부딪치는 방안을 포함해, 어떤 것이 정답일 수는 없다는 점을 먼저 밝혀둔다.

독자 기만하지 않고 '바꿔 쓰는' 요령

먼저 필명을 쓰는 방안이 있다. 한번은 어느 예비 저자로부터 "필명을 쓰는 것은 비겁하지 않으냐"는 질문을 받은 적이 있었는데, 전혀 그렇지 않다. 정체를 감추고 싶어 하는 저자들뿐 아니라, 본명을 딱히 숨기지 않지만 작가 활동과 일상을 분리하고 싶은 필자들까지 많은 이들이 애용하는 방법이다. 마크 트웨인, 조지 오웰, 루이스 캐럴, 오 헨리, 이상, 이육사, 박경리, 신경림, 이문열, 황석영, 다자이 오사무, 에도가와 란포…… 모두 필명이다.

필명을 여러 개 쓰는 사람도 있고 본명과 필명을 함께 사용하는 사람도 있다. 소파 방정환 선생은 필명이 스무 개가 넘었다. 어떤 예비 저자들은 데뷔 때 사용한 이름을 끝까지 가져가야 한다고 오해하기도 하는데, 그런 법은 없다. 안톤 체호프는 처음에 필명을 쓰다가 나중에 본명으로 바꾼 사례고, 로스 맥도널드는 반대다. 지금 한국의 젊은 작가들 중에도 필명을 쓰는 이가 여럿이고, 필명을 쓰다 본명으로 바꾼 사람도 있다.

반대로 자신의 이름을 바꾸는 게 아니라 글 속의 고유명사들을 바꾸는 방법도 있겠다. 머리말이나 작가의 말에서 '몇몇 사람들의 이름이나 지명, 기관명을 비롯한 세부사항은 프라이버시를 고려해 바꿨다'고 밝혀주면 된다. 그렇게 밝혀준다면, 그리고 시간이나 장소가 중요한 일화가 아니라면 분당을 일산으로 변경하고 2018년에 있었던 사건을 2019년 경험담이라고 적는다고 해서 독자를 기만하는 일은 아닐 터다.

올리버 색스는《아내를 모자로 착각한 남자》머리글에서 '환자의 이름과 세세한 사항은 바꾸었다'고 밝힌다. 그가 바꾼 '세세한 사항'은 이렇다.《아내를 모자로…》에는 색스 박사가 뉴욕 길거리에서 슈퍼 투렛증후군에 걸린 한 여성을 목격한 에피소드가 나온다(〈투렛증후군에 사로잡힌 여자〉). 색스 박사는 이 책에서 '60대로 보이는 백발의 노부인'이 '한 블록 정도의 짧은 거리를 지나가는' 2분 사이에 40~50명이나 되는 사람을 흉내 냈다고 적었다. 색스 박사는 그 노부인을 마주친 것을 우연처럼 묘사하면서 '뉴욕과 같은 거대도시의 이름도 모르는 길거리만큼 환자를 관찰하기에 적절한 장소는 없다'고 썼다.

그런데 사실 그런 백발 노부인은 없었다. 색스 박사가 실제로 관찰한 사람은 그가 자서전《온 더 무브》에서 '존 P.'라고 부른 환자였다. 존 P.는 노부인이 아니라 젊

이상

마크 트웨인

박경리

루이스 캐럴

신경림

이문열

다자이 오사무

조지 오웰

모두 필명인 책입니다.

은이였고, 색스 박사는 그를 투렛증후군협회 모임에서 만났다. 색스 박사는 존 P.를 여러 달에 걸쳐 연구했다. 《아내를 모자로…》에 나오는 에피소드는 색스 박사가 존 P.와 함께 외출한 첫날의 묘사였다. 색스 박사는 《아내를 모자로…》의 서술에 대해 자서전에서 '존 P.를 길에서 만난 어떤 노부인으로 위장했다'고 표현했다.

글쎄, 환자의 사생활을 둘러싼 의료인의 윤리를 감안해도 《아내를 모자로…》의 사실 수정에는 조금 고개가 갸웃거려지기는 한다. 특히 저자가 투렛증후군이 매우 흔한 증상이며, 뉴욕 거리에서 쉽게 볼 수 있다는 식으로 썼기 때문에 더 그렇다. 어쨌든 현대의 고전 반열에 거의 올라선 논픽션에서 이 정도의 사실 변형을 했고, 그게 별문제 없이 받아들여졌다는 사실은 예비 저자들에게 참고가 될 듯하다. 이 선을 넘지는 말자.

내가 '나의 지인'이기도 하다면

나는 보다 얌전한 방법을 선호한다. 구체적인 사항을 적당히 흐리는 것이다. 2013년은 2010년대 초반으로, 회사 선배라면 업계 동료 정도로 둘러 쓰는 식이다. 내가 겪은 일을 지인의 경험담이라고 적는 것도 허용되지 않을까? 지인의 경험담을 내가 겪은 일처럼 쓰는 것은 곤란하겠지만 말이다. 나는 나의 지인이지만, 그 역은 참이 아니니까.

　나는 때로 다른 사람이 신경 쓸 만한 사안에 아예 당사자에게 원고 일부를 보내 허락을 구하기도 한다. 대개 사람들은 그런 요청을 받으면 저자의 성의 자체를 높이 평가해서 마음이 부드러워진다. 자기와 관련된 일을 쓰는 걸 흔쾌히 허락해주는 이들 역시 항상 내 기대보다 많았다. 내가 예상한 상대의 걱정과 상대가 진짜로 걱정하는 지점이 완전히 달랐던 적도 많다. 그렇게 상대가 우려하는 지점을 보다 정확히 파악해 글의 맥락과 분위기를 해치지 않고 표현을 다듬은 적도 있다. 물론 그랬다가 진퇴양난의 상황에 빠진 적도 있고, 결국 내 의도대로 밀고 나간 적도 있긴 하다. 하지만 적어도 상대에게 배신감이 들게 하지는 않았을 거라 믿고 있다.

　저널리즘 성격의 에세이나 논픽션을 쓸 때에도 같은 방법을 적용할 수 있을까? 비판 대상에게 미리 원고 일부를 보내거나 글의 의도를 알려도 괜찮을까? 논쟁적인 문제다. 한국의 몇몇 기자들 중에는 그런 행위를 저널리즘 윤리를 저버리는 것이라 믿는 이들도 있다. 반면 〈월스트리트저널〉처럼 '아무도 놀라게 하지 않는다'는 원칙을 가진 언론사도 있다. 〈월스트리트저널〉은 대형 폭로 기사를 내기 전에 자신들이 아는 모든 정보를 대상에게 알리고 반론 시간을 충분히 준다고 한다.

　미국 저널리스트들 사이에서도 이 문제에 대해서는 의견이 엇갈리는 모양이다. 잡지 〈오레고니언〉에서 25년간 편집장을 맡았고 퓰리처상 심사위원을 지내기도 한 잭 하트는 자신이 기사의 일부, 때로는 전체를 취재원에게 자주 보여준다고 썼다. 그는 이 이야기를 자신의 책 《논픽션 쓰기》에서 고백하는데, 자신과 정반대 의견인 저널리스트들도 많다고 덧붙였다.

　아마도 이 문제에 대해서는 모든 저자가 합의할 수 있는 해결책은 없고, 각자 양심에 따라 자신의 원칙을 정하는 게 최선이지 않나 싶다. 하트는 취재원에게 "사실관계 오류는 바로잡겠지만 해석은 나만의 것"이라고 미리 알린다고 한다. 《인체재활용》, 《봉크》 등을 쓴 과학저술가 메리 로치는 인용문은 인터뷰이에게 읽어주며 틀린 부분이 없는지 확인하지만 원고 전체는 보여주지 않는다고 한다.

　어떤 예비 저자들은 큰따옴표 안에 누군가의 말을

옮겨 적을 때에는 토씨 하나 틀리면 안 된다고 믿기도 한다. 내 생각에는 그건 지나치게 고지식한 신념 같다. 실제로 다른 사람이 하는 말을 녹음해서 그대로 받아쓰기를 해보면, 앞뒤가 맞게 한 문장을 말하는 사람이 놀랍도록 적다는 사실을 깨닫게 된다. 나도 문장을 제대로 마무리 짓지 않는 안 좋은 습관이 있다. 에세이와 논픽션에서 다른 사람이 한 말의 의도나 뉘앙스를 왜곡하면 절대 안 되겠지만, 독자가 이해할 수 있게 문장을 수정하는 정도는 얼마든지 가능하다고 본다.

p. s.

내 경우 팟캐스트 진행 경험을 바탕으로 한 산문집《책, 이게 뭐라고》를 낼 때에는 해당 팟캐스트 팀원 여섯 사람 모두에게 글을 미리 보여주고 동의를 얻었다. 그 과정에서 원고를 몇몇 대목 수정하기도 했다.

14 스티븐 킹은 새빨간 거짓말쟁이야?

소설 쓰기 ① 개요를 짜야 할까

소설가 지망생들을 만나 이야기를 나눌 때 꼭 듣게 되는 질문이 하나 있다. "작가님은 글을 쓸 때 미리 개요를 짜시나요?" 이건 굉장히 중요한 질문이며, 나는 소설을 쓰려는 사람들은 이 문제에 대한 답을 스스로 찾아야 한다고 생각한다. 가능하면 습작을 시작하고 2, 3년 안에 찾아내는 게 좋다.

소설가 지망생들이 이 문제를 되풀이해서 묻는 첫 번째 이유는, 사람마다 말이 다르기 때문이다. 한쪽에는 등장인물이 들려주는 이야기를 자기는 영매처럼 옮길 뿐이며, 바로 다음 페이지에서 무슨 일이 일어날지 자기도 모른다고 주장하는 소설가들이 있다. 반대편에

선 작가들은 그런 식으로 소설을 쓴다는 건 설계도 없이 건물을 짓는다는 말이나 마찬가지라고 비판한다.

도입부만 있는 원고가 수북이 쌓이는 이유

스티븐 킹은 개요를 짜지 않는다고 한다. 자기가 하는 일은 등장인물을 곤경에 빠뜨리고 어떻게 되는지 지켜보는 것이며, 그래서 자기 작품의 첫 독자가 자신이라고 한다. 릭 무디는 소설의 구조는 작가가 미리 짜는 게 아니라 쓰면서 발견하는 거라고 한다. 반면 제임스 스콧 벨은 글을 쓰다 보면 플롯이 저절로 소설가의 머리에서 흘러나온다는 얘기야말로 새빨간 거짓말이라고 반박한다.

소설가 지망생들이 혼란스러워하는 두 번째 이유는, 두 가지 방법을 다 시도해보아도 뭐가 나은지 쉽게 알 수 없기 때문이다. '그래, 일단 써보자'고 마음먹고 되는대로 써본다. 처음에는 진도가 잘 나간다. 새로운 인물이 등장하고, 곤란한 상황이 있고, 갈등이 빚어지고, 그러다 벽에 부딪친다. 지금까지는 수월했는데, 이제 여기서 뭘 어쩐다? 여기서 포기하는 초보 소설가들에게는 도입부만 있는 원고가 수북이 쌓인다.

기성작가 중에서도 같은 곤경에 빠지는 사람들이 적잖아 뵌다. 시작은 그럴싸한데 중간부터 갈등도 스케일도 쪼그라들더니 용두사미로 끝나는 작품이 꽤 있지 않은가. 읽다 보면 작가가 개요 없이 자기 필력을 믿고 일단 이야기를 벌였다가 수습을 못 해 애먹었음을 눈치챌 수 있다. 특히 단편을 주로 쓰던 작가가 장편에 도전했을 때 이런 경우가 왕왕 생긴다.

반면 개요를 먼저 짜기 시작하면 아예 첫 문장에 손을 대지도 못하는 상황이 벌어지기도 한다. 개요를 짜는 일 자체가 만만치 않으므로. 어떤 작법서는 그냥 유명한 작품의 플롯을 빌려 오라고 제안한다. '공식'에 맞춰 쓰라는 얘기다. 그런데 공식에 따라 쓰는 것도 그리 쉽지만은 않다. 그리고 원고를 마칠 수 없다는 최악의 사태를 피하게 해줄 뿐, 그 이상을 보장하지는 않는다.

무엇보다 공식에 따라 글을 쓰면 쓰는 재미가 없다. 실컷 수다를 떨고 싶어 입을 열었는데 상대가 앞에서 끊임없이 "지루한데" "딴 얘기 해"라고 말하는 기분이다. 자신이 기성품을 생산하고 있다고 생각하기 시작하면 작업에 애정을 유지하기도 어려워진다.

어떤 이들은 '대중소설이나 상업소설을 쓰고자 한

다면 플롯을 고민해야 한다, 단편이 아니라 장편을 쓰려거든 개요를 짜야 한다'고 말하기도 한다. 내 생각에는 이런 조언은 얼마간 들어맞기는 하지만 정답은 아닌 것 같다.

인물·사건·배경…… 나의 장점은 무엇인가

나는 소설은 다 사고실험이라고 생각한다. 목표는 작가마다 다를 수 있다. 감동일 수도 있고 재미일 수도 있고 논픽션으로는 접근하기 어려운 진실이나 통찰일 수도 있다. 그러나 그 목표를 이루기 위해 머릿속에서 인물, 사건, 배경을 꾸며내고, 그것을 문장으로 전달해야 한다는 사실은 모든 소설가에게 해당한다.

'이 사고실험을 어떻게 펼칠 것인가'라는 질문은 곧 '나는 어떤 소설가가 되려는 것인가'라는 문제로 이어진다. 진지하게 소설을 쓰려는 분들께 '위대한 소설가, 평단과 대중 양쪽에서 환영받는 소설가, 재미도 있는데 의미도 있는 소설가'라는 막연한 답을 넘어서, 구체적으로 성찰해보길 권한다. '나의 장점은 무엇인가'로 질문을 바꿔봐도 좋겠다.

하나의 이야기를 창조하고 완결하는 것은 힘든 작업이다. 소설가에게는 사고실험을 끊임없이 이어지게 하는 엔진이 필요하다. 소설의 3요소를 주제, 구성, 문체라고 하고, 그중에서 다시 소설 구성의 3요소는 인물, 사건, 배경이라고 한다. 모두 중요하지만 그 요소들 전부를 동시에 사고실험의 엔진으로 삼을 수는 없다. 하나를 골라야 한다. 그리고 어차피 모두 얽혀 있기 때문에 어느 한 요소로 추동력을 얻으면 다른 요소는 저절로 따라오게 된다.

한번 스스로에게 물어보자. 나는 저 중에 어떤 요소에 대해 상상할 때 꼬리에 꼬리를 물고 생각이 잘 이어지는가? 내가 가장 끌리는 이야기의 성분은 무엇인가? 캐릭터인가, 플롯인가, 세계관인가? 혹시 나는 소설의 중심은 주제나 이야기가 아니라 문체라고 생각하는 사람인가? 아니면 허구를 통해 심오한 주제에 이르는 것이 무엇보다 중요한 과제라고 보는가?

널리 알려진 소설들이 위의 요소들 중에 어떤 점에 무게를 두었는지 살펴보는 것도 좋겠다. 《롤리타》에도 플롯은 있다. 독자들은 롤리타가 과연 양아버지에게서 벗어날 수 있을지, 험버트 험버트가 어떤 벌을 받을 것인지 궁금하다. 그러나 그런 문제들보다 험버트 험버트의 내면이 작가 나보코프의 주된 관심사였음은 명백하다. 이 작품은 겉으로는 지식인 행세를 하지만 속으로는 누구에게도 설명할 수 없는 추악한 욕망에 사로잡힌 사나이를 중심에 둔 사고실험이다. 그런 무게중심이 있었기에 원고를 써 내려갈 수 있었을 것이다.

《쥬라기 공원》의 주인공 앨런 그랜트 박사는 소탈한 현장주의자에 아내와 사별한 아픔이 있고, 아이들을 좋아한다. 이안 말콤 박사는 까칫한 성격에 검은 옷을 즐겨 입고 과학기술에 비판적이다. 그들은 소설 캐릭터로 충분히 매력 있게 묘사된다. 그러나 작가 마이클 크라이튼의 관심사는 인물의 개성이 아니라 그들이 공룡한테 잡아먹힐지 여부에 있다. 크라이튼은 인물의 내면보다 공룡과 사람 사이의 물리적 거리가 얼마나, 그리고 어떻게 가까워졌다가 멀어지느냐를 더 고민했을 것이다. 그 고심이 쓰고 있는 대목의 다음 장면으로 이어졌을 것이다.

인물이나 사건이 아니라 배경이 집필의 엔진이 될 수도 있다. 나는 톨킨이 《반지의 제왕》을 쓸 때 주인공 일행의 성격보다 중간계 종족의 특성과 역사 설정을 먼저 짰을 거라고 확신한다. 아이작 아시모프가 '파운데이션 시리즈'를 썼을 때에도 퇴보하는 제국과 미래를 예견하는 과학이라는 아이디어가 다른 요소들보다 앞섰을 거다. 해리 셀던이라는 학자 캐릭터를 구상하다가 그 사람이 역사심리학이라는 가상의 학문을 만들어냈다는 식으로 발전했을 리는 없다.

사실 나는 소설가들이 어떤 요소를 창작의 중심에 놓았느냐를 놓고 소설 장르를 구분하는 편이 기존 분류법보다 훨씬 정확하고 유용하다고 생각한다. 순문학, 대중문학, 장르소설 같은 구분은 모호할 뿐 아니라 기이한 위계까지 낳는다. 그보다는 인물-문체 중심 소설(흔히 순문학이라 부르는 영역과 겹칠 것이다), 사건 중심 소설(추리, 로맨스, 스릴러 등), 세계관 중심 소설(SF, 판타지)이라는 분류법이 어떤가.

장르소설이라고 싸잡아 묶이지만 사건 중심 소설과 세계관 중심 소설은 작가와 독자들이 관심을 기울이는 지점이 다르다. 인물의 내면보다 사건의 속도와 호흡을 중시한다는 점에서 로맨스와 스릴러는 사촌 관계쯤 된다. SF와 판타지는 이란성쌍둥이인데, SF 쪽이 배경 세계의 논리를 보다 강조하는 편이다. 과학적 고증은 그리 중요한 문제는 아니다. 최근 추세를 보면 SF와 판타지 사이의 경계선은 점점 더 옅어지는 듯하다.

다시 개요 이야기로 돌아온다. 개요를 써야 하는가?

나는 사건 중심 소설을 쓰고 싶은 사람이라면 개요를 만들라고 조언하고 싶다. 절정에서 터져야 할 폭발의 종류와 규모를 정해놓는다면 거기까지 가는 경로뿐 아니라 그 과정에 조성해야 할 긴장감에 대해 많은 힌트를 얻을 수 있다. 인물 중심 소설을 쓰고 싶다면 그보다는 창조하려는 인물의 내면을, 세계관 중심 소설이라면 설정의 가능성을 탐구하는 게 집필 엔진을 가동하는 데 도움이 된다.

결국 돌고 돌아 '나는 무엇을 쓸 것인가, 나는 어떤 작가인가'의 문제다. 이것이야말로 초기에는 직접 써보며 발견하는 수밖에 없다.

P. S.

물리 세계와 떨어질 수 없는 스포츠에서는 '내가 농구를 좋아하는데 내 신체조건이 농구에 안 맞는다'는 상황이 흔히 벌어질 수 있다. 그런데 소설 쓰기는 좀 다르지 않을까? 어떤 스포츠 종목을 뇌가 좋아하는 것과 몸이 그 종목을 잘하는 것은 별개의 문제인데, 어떤 장르의 글을 좋아하는 것과 그 장르의 글을 잘 쓰는 것은 둘 다 뇌가 하는 일이라서 겹치는 부분이 많을 것 같다.

　어떤 이야기의 구조와 묘미를 잘 이해해서 거기에 남들보다 깊이 빠져 있다는 것은, 그와 비슷한 이야기를 만들어내는 일도 다른 사람보다 잘할 수 있다는 뜻이지 않을까? 그러니까, 추리소설을 좋아하는 사람이 추리소설을 잘 쓸 확률이 높고, 로맨스소설을 좋아하는 사람이 로맨스소설을 잘 쓸 확률이 높지 않을까.

15 강자는 욕망만, 약자는 두려움만?
문학이 프로파간다가 되지 않으려면

소설 쓰기 ② 입체적인 인물이란 무엇인가

흔히들 소설의 인물에 대해서는 '살아 있는 사람처럼 써야 한다'고 조언한다. 살아 있는 사람처럼 쓴다는 게 무엇일까? 그렇게 물어보면 그 인물이 개성적이고 입체적으로 느껴져야 한다는 답이 돌아온다. 여기서 입체적이라는 말은 '깊이가 있다'는 표현으로 바꿔 써도 좋으리라. 그렇다면 개성적이고 입체적인 캐릭터란 무엇을 말하는 걸까? 외모와 행동, 성격을 자세히 묘사해서 다른 사람과 구별되는 특이사항들을 많이 열거하면 그 인물의 개성이 도드라지는 걸까? 인물의 입체성이란 그를 한 줄로 간명하게 설명하면 안 되고, 그 안에 모순을 담아야 한다는 의미일까?

몇몇 드라마 작가들은 인물의 한 요소를 극단적으로 과장하기를 즐긴다. 성공에 대한 욕망 외에 다른 건 아무것도 없어 보이는 냉혈한, 오로지 올케를 괴롭히겠다는 목적으로 세상에 태어난 듯한 시누이, 깨어 있는 내내 푼수를 떨고 그 외에는 아무 일도 하지 않는 아주버님……. 억지스러운 개성은 있고, 간혹 그게 강렬한 느낌도 주지만 깊이는 얕다. 뼈와 살이 있는 배우가 연기할 때에는 티가 덜 나지만 이걸 글로 접하면 사람이라기보다는 무언가의 화신이나 도구로 보일 거라 생각한다.

　　서브컬처 계열의 일부 창작자들은 여러 가지 특성이 한 몸에 모이기만 하면 그게 인물의 개성이 된다고 믿는 것 같다. 파란 머리 미소녀에 '병약' 속성, '허당' 속성, '홍차 애호' 속성을 더하면 충분히 개성적인 캐릭터가 된다는 식이다. 그런데 종이인형 옷 입히기 놀이와 비슷한 이런 작법의 결과물은 공장에서 양산된 제품의 기시감을 줄 수밖에 없다. 물론 얄팍하다.

행위 능력과 경험 능력

나는 한 인물이 주체적인 개인으로 경험하고 행동한다

면 개성과 깊이는 저절로 따라오게 된다고 생각한다. 픽션과 현실 양쪽에 다 해당하는 얘기다. 주체적인 경험과 행동의 중요성에 비하면 그 인물이 푼수 끼가 얼마나 있는지, 어떤 카페인 음료를 좋아하는지는 곁가지에 불과하다. 그런데 학생들을 가르치면서 의외로 많은 작가 지망생들이 이 점을 모른다는 사실을 깨닫게 됐다. 기실 이것은 예비작가뿐 아니라 모든 인간의 흔한 인지 오류 중 하나다.

우리는 모두 주체적으로 경험하고 행동하는 개인들이다. 그런데 자기 자신이 아니라 다른 사람에 대해 생각하거나 묘사할 때에는 그들이 경험 능력과 행동 능력 중 한쪽만을 지녔다고 착각하기 쉽다. 사회심리학자 대니얼 웨그너는 인간이 부지불식간에 타인을 '상처받기 쉬운 감수자'와 '사고하는 행위자' 둘 중의 하나로만 보려는 경향이 있다고 분석했다. 웨그너가 제자인 커트 그레이와 함께 집필한 책《신과 개와 인간의 마음》에서 든 사례를 조금 변형해서 소개해보자면 이렇다.

어린 소녀가 다른 사람들이 보는 앞에서 어느 기업 최고경영자의 얼굴에 케이크를 던져 상대를 망신 주었다고 상상해보자(물론 최고경영자가 딱히 얼굴에 케이크를 맞을 만한 잘못은 저지른 게 없는 상황이라고 가정한다). 아마도 주변 사람들은 당황하고 소녀를 나무라겠지만 심각하게 분노하지는 않을 것이다. 어떤 사람들은 그 상황이 코믹하다고 여기고 살짝 웃을지도 모른다.

이번에는 반대로 기업 최고경영자가 다른 사람들이 보는 앞에서 어린 소녀의 얼굴에 케이크를 던져 망신 주는 장면을 그려보자(물론 소녀가 잘못한 게 전혀 없는 상황이다). 이제 옆에 있는 사람은 놀라 충격을 받고 최고경영자의 황당한 행동에 격분할 것이다. 사람들이 어린 소녀를 행위 능력이 부족하고 경험 능력이 큰 존재로, 최고경영자는 행위 능력은 크지만 경험 능력은 모자란 존재로 여기기 때문이다.

최고경영자에게 케이크를 던지는 소녀의 일화를 소설에 쓴다면 그들을 어떻게 다뤄야 할까. 소녀의 독특한 헤어스타일과 까다로운 식성, 최고경영자의 괴팍한 취향과 묘한 습관을 자세히 서술하면 그들이 보다 살아 있는 것처럼 느껴질까. 물론 그 방법도 효과가 없지는 않다. 거기에 더해 나는 소녀의 행위 능력과 최고경영자의 경험 능력에 공을 들이기를 권한다. 그럴수록 그들은 더 실감 나는 존재로 보일 것이다.

소녀는 왜 케이크를 던진 걸까? 그녀는 그 순간 행동한 사람이고 거기엔 자신만의 이유가 있다. 남들은 선뜻 이해하기 어려운 불합리한 이유라도 괜찮다. 사실 다른 사람들이 동의하기 힘든 이유일수록 소녀의 개성이 그만큼 도드라진다. 케이크를 맞은 최고경영자는 기분이 어떨까. 겉으로는 웃고 있지만 이성을 잃고 소녀의 뺨을 한 대 치기 직전일까? 소녀의 아버지를 몇 달 뒤에 해고해야겠다고 싸늘히 결심했을까? 아니면 참석하기 싫은 파티를 거절할 명분이 드디어 생겼다며 속으로 안도하는 중일까? 꼭 전지적작가시점이 아니더라도 여러 가지 외면 묘사와 암시를 통해 인물의 심리를 독자가 짐작하게 만드는 게 가능하다.

약자의 욕망과 강자의 두려움

학생들에게 나는 "인물의 욕망과 두려움이 느껴지게 써야 한다"고 말했다. 그러면서 "약자라고 해서 욕망이 없는 게 아니고, 강자라고 두려움이 없지 않다"라고 덧붙였다. 사회 경험이 풍부하지 않아서일까, 아니면 정치적 올바름을 지나치게 의식해서였을까. 적지 않은 학생들이 사회적 약자를 자기 글에 등장시키면서 그들을 욕망 없이 고통과 두려움만 느끼는 존재로 묘사하려는 경향이 있었다. 요즘 표현으로 말하자면 약자의 약자성만 강조하고 있었다.

내가 그렇게 설명하면 예외 없이 그날이나 다음 날 몇몇 학생으로부터 메일이 왔다. 약자에게 욕망이 있다는 말씀이 불편했다, 무슨 뜻인지 이해가 되지 않는다고. 그 학생들의 선량한 마음을 존중한다. 그러나 욕망은 악이 아니며, 모든 인간은 욕망이 있다. 그것은 두려움과 마찬가지로 인간 존재의 핵심이다. 약자에게 욕망이 없다고 여기는 사람은, 약자에게는 약자성만 있어야 한다고 믿는 작가는, 약자를 인간으로 보지 않는 것이다.

사실 욕망과 두려움은 분리되지 않는다. 자기 자식과 함께 살고 싶다는 욕망과 그 아이를 잃을 수 있다는 두려움은 동전의 양면이다. 어떤 인물의 고통을 제대로 전달하려면 그의 욕망을 함께 전할 수밖에 없다. 욕망만 있는 인물, 두려움만 있는 인물, 쾌감만 느끼는 인물, 고통만 느끼는 인물, 가해자이기만 한 인물, 피해자이기만 한 인물이 많아질수록 당신의 원고는 문학에서 멀어지고 프로파간다가 되어갈 것이다. 프로파간다로서도 제 역할을 하지 못한다. 설득력 없는 인물들이 나오는 글에는 힘이 실리지 않기에.

사람의 욕망과 두려움은 모양과 방향이 모두 제각각이며, 지극히 개인적이라는 사실도 강조하고 싶다. 이 역시 픽션과 현실 양쪽에서 다 그렇다. 내 경우에는 국회를 3년 가까이 취재하며 그 사실을 절실히 깨달았다. 정치인들은 욕망을 파악하기 쉬운 존재들이라서 그랬던 것 같다. 한편으로는 정치인만큼이나 오해받는 직업도 드물다.

(많은 사람들이 한국의 정당이라는 간판이 얼마나 허약한지 모른다. 가까이에서 보기에는 그냥 한 무리의 사람들을 덮고 있는 천막 정도다. 필요하면 언제든 떠날 수 있고, 언제든 새로 만들 수도 있다. 국회의원의 욕망과 두려움은 자신이 다음 총선에서 다시 국회의원이 될 수 있느냐에 집중되어 있다. 소속 정당의 승리는 그다음 문제다. 총선 불출마를 선언하는 이는 그게 자신에게 장기적으로 유리하다고 판단해서 도박을 하는 것이다. 너무 싸늘한 시선인가?)

오랜 정치적 동지인 대통령과 장관은 같은 욕망, 같은 두려움을 품고 있을까? 절대 그렇지 않다. 대통령의 욕망은 성공한 대통령으로 역사에 남고 싶다는 데 있다. 장관의 욕망은 대통령이 되고 싶다는 것이다. 대통령은 당장 인기는 없어도 임기가 끝난 뒤 장기적으로 평가받을 정책에 관심을 가질 수 있다. 장관은 질색팔색한다. 대통령 지지도가 떨어지면 장관은 선 긋기를 고민한다. 대통령을 비판할수록 자기 인기가 높아지는 상황이라면 여당 후보들은 집토끼와 산토끼의 수를 놓고 복잡한 계산에 들어간다. 그들은 어쩔 수 없이 이기적인 존재들이다. 우리 모두 그렇듯이.

재건축 지역의 철거민들은 어떨까. 그들은 모두 똑같은 욕망과 똑같은 두려움을 지닌 한 덩어리일까. 소설가가 '철거민'이라는 이름으로 그 개인들을 한데 묶을 수 있을까. 자기 집이 없는 이와 있는 이는 사정이 확연하게 다르다. 그래서 세입자철거민대책위원회와 가옥주철거민대책위원회가 따로 생긴다. 사람마다 버티는 힘도, 물러설 곳도 다르다. 누구는 "이제는 그만하자"는 자녀들의 요구로 무너지기 직전이다. 누구는 투쟁에 참여한 걸 후회한다. 누구는 보상금을 어느 선 이상으로 받을 수 있다면 떠나겠다고 남몰래 생각한다. 그런 개별적인 사정을 묘사하는 것이 철거라는 사건의 비극성을 약화시키고, 철거민을 비난하는 일일까. 나는 오히려 그 반대라고 믿는다.

나는 전업 작가가 된 뒤에도 '소설가로서 실력이 너무 부족하다'는 생각에서 헤어 나오지 못했고, 무척 절박했다. 글을 잘 쓸 수 있게 된다면 영혼까지는 몰라도 손가락 한두 개쯤은 망설이지 않고 잘라서 팔 수 있을 것 같았다. 그러다 우연히 내가 그리는 인물들에 내 단점을 집어넣을수록 더 인물이 그럴듯해진다는 사실을 깨달았다.

《한국이 싫어서》의 주인공을 그릴 때에는 속물근성을 큰 축으로 삼았다. 이 주인공은 자기보다 잘나거나 못난 사람 앞에서 어떤 때에는 발끈하고 어떤 때에는 미묘한 뉘앙스로 넘어가고 어떤 때에는 부들부들 떨고 어떤 때에는 주저앉아 우는데, 나는 그런 방향이나 타이밍을 잘 안다. 그게 바로 내 성격이니까.

《댓글부대》의 청년들을 움직이는 동력은 콤플렉스다. 젊은 여자들에게 거부당할까 봐 두려운 나머지 허세를 부리고 욕을 하다가 어느 순간 급작스럽게 비굴해지는 그 녀석들의 마음을 나는 너무나 잘 안다. 그게 바로 나였으니까.

'소설을 통해서 내 치부가 드러나면 어떻게 하지?'라는 고민 따위는 할 겨를도 없었다. 뭐라도 팔아서 끼니를 해결해야 하는 가난뱅이가 옷장에서 부모님이 물려주신 금송아지를 발견한 상황이었다. 진심으로 감사한 마음마저 들었다. 혹시 도스토옙스키도 드미트리 카라마조프 같은 엄청난 캐릭터를 묘사하면서 '아, 내가 도박중독을 경험해봐서 다행이다'라고 생각했던 건 아닐까?

이런 발견은 소설과는 상관없는 뜻밖의 발전으로도 이어졌다. 오랜 기간 지긋지긋해하던 단점들에 대해 '이렇게나마 쓸모는 있네'라고 받아들이게 되면서, 자기혐오가 썩 줄어들었다.

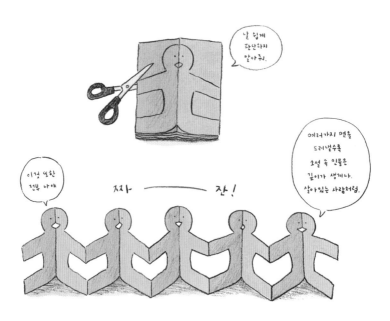

16

라면 먹고 싶다, 그런데 먹으면 죽을 수 있다

소설 쓰기 ③ 긴장을 어떻게 조성하고 해소해야 할까

많은 소설 작법서들이 제각각 서사와 플롯에 대한 이론을 펼친다. 서사와 서술은 어떻게 다르고 스토리와 플롯은 어떻게 다른지 길게 설명하기도 하고, 독자를 쉽게 끌어들이고 사용하기도 편리한 여덟 가지, 아홉 가지, 혹은 스무 가지 플롯 유형이라든가 지켜야 할 원칙을 소개하기도 한다. 그런데 대개 작법서 저자들은 만들기 쉽지만 예비작가들이 써먹기는 어려운 노하우들이다. 이미 완성된 작품들을 대상으로 한 사후 분석이자 분류법이지, 글을 완성해가는 과정에서 얻은 통찰이 아니기 때문이다. 대중적으로 성공한 작품들의 플롯에는 분명 공통 요소들이 있고 기하학적인 측면도 있지만

그걸 기계적으로 적용하기는 어렵다.

서사와 플롯에 대한 오해도 많다. 예를 들어 '왕이 죽고 왕비도 죽었다'고 하면 스토리요, '왕이 죽자 슬픔을 못 이기고 왕비도 따라 죽었다'고 쓰면 플롯이라는 얘기가 자주 회자된다. E. M. 포스터의 《소설의 이해》에 나오는 이 말을 피상적으로 받아들이면 플롯의 핵심은 사건들의 연관성에 있다고 여기게 된다. 거기서 더 나아가 작품 속 사건들의 인과관계를 잘 밝혀주면 저절로 플롯이 만들어진다고도 믿기 쉬운데, 그렇지는 않은 것 같다. 왕을 잃은 슬픔에 왕비가 따라 죽고 권력 공백으로 나라가 무너지고 전국시대가 온다고 인과관계를 밝히며 길게 사연을 풀어놓은들, 그걸 플롯이라고 부르기는 어렵다.

"요즘 한국 소설에는 서사가 없다, 화자는 골방에 갇혀 있고 아무 사건도 일어나지 않는다"고 불평하는 이들이 있다. 이런 얘기를 들으면 서사는 곧 작품 안에서 일어나는 사건의 규모나 화자의 활동 반경과 관련이 있다고 여기게 된다. 그래서 핵전쟁 이후에 떠돌아다니는 사람들 이야기 같은 식으로 돌파구를 찾으려는 시도가 종종 나온다. 그런데 그런다고 플롯이 저절로 생겨나지는 않는다. '일단 주인공을 움직이게 하라'는 조언도 어떤 출발점은 되겠지만, 절대적인 것도 아니고 그 효과를 너무 과신해서는 안 된다.

드래곤들의 싸움에 긴장을 만들어보자

나는 플롯이 '얼마나 설득력 있게 긴장을 조성하고 해소하는가'의 문제라고 본다. 지금 내가 급히 만들어낸 사례들을 살펴보자.

(1) 아침에는 국물라면을 끓여 먹는다. 꼬불꼬불한 면발을 보니 어지럽다. 나는 울적해지고야 만다. 점심이 되어 짜장라면을 먹는다. 짜장 소스를 보며 시대의 암흑을 느낀다. 저녁에는 컵라면을 먹는다. 세상은 컵라면처럼 즉물적이다.

(2) 반투명 드래곤이 불투명 드래곤에게 싸움을 걸었다. 반투명 드래곤이 소리 질렀다. 크아아악 다크브레스파이어~~~. 하지만 불투명 드래곤은 다크브레스파이어보다 169배 강한 '대학살의 운석 충돌' 기술로 반투명 드래곤을 물리쳤다.

(3) 재벌 3세와 서민 여성이 사랑에 빠진다. 재벌 회장과 사모님은 그 사랑을 망칠 음모를 세운다. 그런데

사모님이 갑자기 기억상실증에 걸린다. 그리고 회장님은 하필 그날 아침 침대에서 자기가 한 마리 갑충으로 변한 걸 알아차린다.

　다 엉터리 같은 초안이다. (1)에서는 아예 긴장이 생기지 않는다. (2)에서는 일단 드래곤 두 마리가 싸우니까 긴장은 있다. 그런데 그 긴장이 어느 선까지 오르지 못하고 사라진다. (3)에서는 긴장이 조성되고 해소되는데 그 과정에 설득력이 없다. 이 세 보기에서 플롯이라 해도 좋고 서사성이라고 해도 좋을 무언가를 강화하려면 어떻게 해야 할까.

먼저 (1)에서 작가가 생각하는 '시대의 암흑'과 '세상의 즉물성'을 아무리 깊이 있게 서술한들, 라면 면발의 꼬부라진 모양을 아무리 참신하고 아름답게 묘사한들, 그게 플롯과 관련이 없음은 명확하다. 물론 시대의 암흑에 대한 참신한 통찰과 라면 면발을 묘사하는 데 사용한 독특한 언어 때문에 이 초안이 좋은 작품으로 발전할 수도 있다. 어떤 긴장 없이, 플롯 없이 말이다. 문학의 영토는 넓으니까.

그런데 우리는 이 초안에 몇 가지 장치로 긴장감을 부여할 수도 있다. 엄청나게 큰 스케일의 재난이 발생해서 인류 종말이 온 세계라는 설정은 답이 아니다. 그런 세계를 떠돌아다니면서 이곳저곳에서 라면을 끓여 먹는다 해도 마찬가지다. 앞서 얘기했듯이 사건의 규모와 인물의 이동 거리는 플롯과 무관하다. 국물라면에 질려서 짜장라면을 먹었고 봉지라면에 질려서 컵라면을 먹었다는 '인과관계' 역시 아무리 자세히 설명해봐야 긴장감이나 플롯과 관련이 없다.

세끼 내내 라면을 먹는다는 주인공의 행동이 직접적으로 긴장을 불러일으켜야 한다. 어떻게? 세상이 망할 필요까지는 없고, 그냥 홍수가 나서 마을이 고립됐

다고 치자. 먹을 거라고는 오직 라면뿐인데 주인공에게
는 치명적인 라면 알레르기가 있다면? 특정 성분이 든
라면을 먹으면 기도가 막혀 죽는데, 그 특정 성분이 어
떤 라면에 들어 있는지 알 수가 없다면? 그렇다면 라면
을 한 끼 먹을 때마다 긴장감이 돈다.

(2)에서 반투명 드래곤과 불투명 드래곤의 싸움에
서 긴장감이 적절한 수준까지 오르지 않는 이유는 불투
명 드래곤이 너무 쉽게 반투명 드래곤을 물리치기 때문
이다. 반투명 드래곤이 "다크브레스파이어~~~"라는
기술 이름을 외칠 때 불투명 드래곤은 우선 놀라야 한
다. "뭐? 설마! 수백 년 전에 사라진 그 마법을 어떻게
네가?" 하고 말이다. 거기에 더해 다크브레스파이어를
그대로 맞으면 불투명 드래곤 혼자 죽을 테지만 그걸
169배 강한 '대학살의 운석 충돌'로 막아내면 근처에 있
는 동료들까지 위험해지는 상황이라면 어떨까.

이 과정을 보다 자세히, 길게 서술하면 발단-전개-
위기-절정-결말의 흐름이 저절로 생겨난다. 반투명이
가 불덩이를 발사하고(발단), 불투명이는 그게 눈속임
인지 아닌지 의심하다가 진짜임을 깨닫고(전개), '대학
살의 운석 충돌' 기술의 위험성을 고려하고(위기), 어
떤 식으로든 결단을 내려야 할 처지에 몰린다(절정).

결말이 어느 쪽이어도 긴장은 해소된다. 절묘한 전술로 다른 희생자 없이 반투명이를 무찌르는 해피엔딩이어도 그렇고, 불투명이가 영웅적 죽음을 선택해도 마찬가지다.

　　(3)의 문제는 기억상실증이 굉장히 드물다는 사실이나 사람이 벌레로 변하는 환상성이 아니다. 그런 해법이 앞에서 쌓아올린 긴장의 방향과 이어지지 않는다는 것이다. 그래선 독자를 납득시킬 수 없다. 현실에서는 간혹 기이한 우연이나 우발적인 사고가 사람들의 갈등을 한꺼번에 정리하기도 하지만, 소설에서는—플롯을 중시하는 작품이라면—그러면 안 된다. 재벌 회장님이 벌레로 변하는 결말을 내려면, 최소한 그곳이 기묘하고 예측하기 어려운 사건들이 벌어지는 세계임을 앞에서 충분히 밝혀야 한다.

사건 규모는 플롯과 무관하다

인물 몇 사람과 그들이 맞닥뜨린 상황이 있으면 긴장을 발전시킬 수 있는 방법은 무궁무진하다. 동시에 인물과 사건이 개성 있고 입체적일수록 모험 플롯이니 탈출 플롯이니 몰락 플롯이니 하는 정형화된 틀에 끼워 맞추기 힘들어진다. 그래서 나는 열 가지, 스무 가지 유형을 소개하는 매뉴얼을 추천하지 않는다. 사실 숙련된 작가들은 대개 자기도 모르는 사이에 그 유형들 중 몇 가지를 섞어 쓰게 된다. 예컨대 자기 한계를 깨닫고 극복하는 주인공의 성장 서사는 어느 유형과도 잘 어울린다.

내가 권하는 팁은 이전 장에서 이야기한, 인물의 욕망과 두려움을 활용하라는 것이다. 욕망이 충족되거나 두려움이 현실화되는 과정은 언제나 엄청난 긴장을 불러일으킨다. 또 독자는 욕망과 두려움이라는 행동 동기에 쉽게 설득된다. 솜씨 좋은 작가들은 인물을 이용해 플롯을 전개하고, 또 플롯을 발전시키면서 인물을 쌓아 올린다. 재벌 사모님은 실은 계급의식이 아니라 좁은 세계에서 오래 살아온 한 인간의 잘못된 모정 때문에 아들의 결혼을 반대하는 것일 수도 있다.

욕망과 두려움이 충돌하면 긴장은 더 치열해진다. 허기를 해결하고 싶다는 욕망과 라면 알레르기로 죽을 수 있다는 두려움 속에서 주인공은 어떻게 행동해야 하나. 불투명 드래곤이 전투를 구경 중인 어린 드래곤들의 무고한 희생을 세상 무엇보다 더 두려워한다면? 동시에 불투명 드래곤이 반투명 드래곤을 무릎 꿇게 만들

수 있다면 어떤 희생도 각오할 수 있다고 여긴다면? 작
가가 그렇게 불타오르는 플롯을 만들어 던지면 독자는
기꺼이 이야기에 몸을 맡기고 다음 장면을 기다리게 된
다. 환상이 많이 끼어들어도 그렇다.

P. S.

나는 짜장 소스를 보며 시대의 암흑보다는 식욕을 느끼는
편이다.

17

심청이 아버지는
잔치가 끝날 때쯤 와야 한다

소설 쓰기 ④ 같은 스토리, 다른 스토리텔링

똑같은 농담(스토리)이라도 어떤 사람이 하면 재미있는데 다른 사람이 하면 따분하다. 왜 그럴까? 말하는 요령(스토리텔링)의 문제다.

재담으로 주변을 초토화시키던 옛 친구들을 떠올려보자. 혹은 유튜브로 유명 스탠드업 코미디언들의 공연을 몇 편 감상해보자. 그들의 기술은 소설에도 적용할 수 있다. 아마 몇몇 원리는 음악 작곡이나 편곡에도 이용할 수 있을 것이다. 나는 인간에게 언어보다 스토리텔링에 대한 감각이 먼저 생겼을 거라고 생각한다. 아주 어린 아이들도 자기 상황과 주변 세계를 서사로 파악한다. 그리고 멋진 이야기와 지루한 설교를 구별한다.

그렇다면 여기에 어떤 원리들이 있을까? 어떻게 하면 노련한 '이야기꾼'이 될 수 있을까?

(1)자연스럽게 배치한다

2시간짜리 영화를 보려고 영화관에 들어서는 사람들은 대강 1시간 45분 즈음이 클라이맥스일 거라고 짐작한다. 다큐멘터리 영화라도 그렇다. 400쪽짜리 소설을 펼칠 때에는 350쪽 부근이 절정일 거라고 기대한다. 스탠드업 코미디언이 3분짜리 농담을 하면 2분 40초쯤에 웃음이 터진다. 그가 농담 서너 개로 10분짜리 공연을 할 때에는 가장 웃긴 이야기를 가장 마지막에 한다.

이런 감각은 피부색이나 성별을 뛰어넘어 놀랄 정도로 보편적이다. 사실 사람들은 절정부의 위치뿐 아니라 높이, 그리고 거기로 오르는 경사의 기울기에 대해서도 대단히 날카롭다. 우리는 처음 만난 상대의 눈, 코, 입의 위치와 크기와 상대적 비례를 따져본 뒤 '저 사람 잘생겼다'고 판단하지 않는다. 그냥 한눈에 알아차린다. 소설도 마찬가지다.

뜸을 너무 오래 들이네, 군더더기가 너무 많네, 뒷심이 부족하네, 왜 이렇게 갑자기 끝나나, 하는 반응은 이야기의 길이와 배치에 대한 불만에서 온다. 중요한 것은 절정의 절대적 높이가 아니라, 발단-전개-절정-결말이 서로 이루는 상대적 거리와 높낮이다. 절정이 정해지면 나머지 부분을 거기에 맞춰 줄이고 깎는 것으로 해결할 수도 있다는 말이다.

(2)다짜고짜 시작한다

"지금부터 정말 재미있는 이야기를 들려줄게, 이 이야기를 하면 사람들 다 뒤집어져, 배꼽 빠질 각오 단단히 해!" 하고 말을 꺼내는 사람의 이야기가 재미있었던 적이 과연 있던가? 훌륭한 이야기꾼들은 무심한 표정으로 불쑥 시작한다. 인간은 이야기를 사랑하는 동물이고, 아주 바쁘거나 뭔가에 몰입해 있는 상태가 아니면 거의 언제나 새로운 이야기를 들을 태세가 되어 있다.

특히 이미 자리에 앉아 책을 펼친 독자를 상대로 펼칠 이야기라면 걱정할 게 없다. 그냥 다짜고짜 어떤 장면 한가운데서 시작해도 된다. 알지 못하는 인물의 대사로 포문을 열어도 괜찮다. 앞으로 말하려는 사건이 화창한 6월 어느 날 벌어진 일이라든가, 어느 왕국이 지배하는 어느 대륙에서 어느 가문이 보유한 성의 몇 층이라고 무대를 굳이 설명하지 않아도 된다.

반면 결말은 사람들의 기대보다 반 발 앞서 마치기를 권한다. 더 극적이고 세련된 느낌이 든다. 재담가들 역시 무대에 여운이 남아 있을 때, 사람들이 아쉬워할 때 재빨리 물러난다. 사람들이 박수 칠 때 인사하자.

(3)먼저 웃지 않는다

상대보다 먼저 웃거나 울면 안 된다. 농담을 할 때도, 어제 본 감동적인 영화 줄거리를 배우자에게 설명할 때도, 소설을 쓸 때도 그렇다. 물론 되풀이해서 펼쳐도 늘 새롭게 다가오는 훌륭한 소설들도 있다. 그러나 우리가 이야기에서 얻는 즐거움의 상당 부분은 예측 불가능성에서 온다는 것도 엄연한 사실이다.

게다가 절정의 감흥은 논리가 아니라 정서의 폭발에서 온다. 《심청전》에서 부녀가 만나는 마지막 장면을 떠올려보자. 심청이 인당수에 빠질 때와 비교하면 큰 위기라 할 게 없다. 맹인 잔치에서 아버지를 찾지 못해도 심청에게는 언제든 다음 기회가 있다. 황후니까 전국에 수배령을 내려도 된다.

그러나 사람들은 이 대목에서 논리보다는 정서를 쫓아간다. 아버지와 딸의 만남에 감동받아 눈물 흘리기를 원한다. 그래서 심청이 아무리 가슴을 졸여도 심학규는 모습을 드러내지 않다가 잔치가 끝날 때가 돼서야 겨우 나타난다. 기쁨이건 슬픔이건 뭔가를 제대로 터뜨리려면 폭발 직전까지 최대한 꽉꽉 눌러 담아야 하기 때문이다. 결말이 아무리 밝은 해피엔딩이라 해도 주인공이 쓰러지고 무너질 때에는 시치미를 뚝 떼야 한다.
반대도 마찬가지다.

(4)호흡을 조절한다

사실 장편소설이나 장편영화에서 정서가 딱 한 번만 폭
발한다면 좀 심심하다. 산을 오를 때에도 기슭에서 정
상까지 내내 일정한 각도로 비탈이 이어지는 길이라면
따분하다. 적당한 간격으로 봉우리들이 있어서 오르고
내리는 맛이 있는 등산 코스에 사람들이 몰린다. 그렇
다고 시작부터 끝까지 쉴 새 없이 감정이 폭발하면 그
건 마이클 베이 영화다.

탁월한 무대 예술가들은 이 호흡을 귀신처럼 조절
한다. 유능한 코미디언들은 청중에게 웃음을 터뜨릴 시
간을 준다. 소설가나 영화감독은 감상자의 표정을 확
인하며 작품을 수정할 수 없으므로 다소 불리한 처지에
있다. 어느 정도는 퇴고를 하며 편집자와 주변 지인의
의견을 구해야 하고, 어느 정도는 경험을 통해 감을 익
힐 수밖에 없다.

노련한 작가는 그렇게 이야기의 호흡을 조절해서

절묘하게 서스펜스를 발생시키기도 한다. 주인공이 사랑하는 연인에게 청혼하면 독자들은 뒤에 벌어질 일을 궁금해한다. 작가가 답을 미루면 긴장과 불안이 생긴다. 아예 거기서 챕터를 마치거나 다음 연재분으로 전개를 미루는 기법을 '클리프행어'라고 부른다. 찰스 디킨스의 소설에서 이름이 나온 유서 깊은 테크닉이다. 드라마도 이런 수법을 많이 쓰고, 스탠드업 코미디언들도 펀치라인을 날리기 전에 뜸을 들인다.

(5)강조하고 과장한다

강조할 부분을 강조하고 과장할 대목을 과장하는 것은 소설가의 특권이자 의무다. 그런데 어떻게? 같은 말을 반복하고 문장 아래 빨간 줄을 여러 번 그으면 저절로 그런 효과가 생기는 걸까? 이때야말로 '말하지 말고 보여주라'는 조언이 힘을 발한다. 인물의 고통을 강조하고 싶다면 그의 표정을 보여줘라.

　독자의 본능적인 심리를 이해하면 어떤 방향으로 상황을 과장해야 할지 정하는 데 도움이 된다. 사람들의 마음 깊은 곳은 여전히 원시시대와 다를 바 없다. 외줄타기 곡예를 더 흥미진진하게 묘사하는 방법은 뭘까. 줄의 높이를 높이면 된다. 줄 아래 안전그물 대신 악어 떼나 화염이 있다고 하면 독자들은 더 간을 졸일 것이다. 바람이 강하게 부는 날이고 곡예사가 올라야 할 밧줄도 안전 검사를 통과하지 못한 불량품이라고 하면 더 아슬아슬해진다.

공포영화의 살인마들은 왜 총이 아니라 칼이나 전기톱을 휘두를까? 관객 대부분이 칼에 찔려 신체가 흉하고 고통스럽게 훼손되는 것보다 차라리 총에 맞아 단번에 죽는 편이 낫다고 여기기 때문이다. 어떤 사람들은 치욕보다 죽음이 낫다고 생각하는데 거기에 동의하지 않더라도 그런 마음은 쉽게 이해할 수 있다. 그렇다면 드라마에서 긴장감을 불러일으키는 장치로 수치에 대한 두려움을 활용할 수 있다.

(6)분명하게 전달한다

너무나 당연하고 기본적인 사항 하나. 아무리 세상 재미있는 농담이라도 발음이 안 좋은 사람이 웅얼웅얼 읊는 바람에 청중이 무슨 말인지 제대로 듣지 못했다면 웃음은 터지지 않는다. 소설의 서술도 그렇다. 무슨 상황을 묘사하는 건지 문장들이 명료하게 받쳐주지 못하면 스토리텔링 자체가 성립하지 못한다. 이때 작가의 개성적인 문체는 재담을 더 맛깔나게 하는 이야기꾼의 독특한 표현이나 몸짓에 비유할 수도 있겠다.

스토리텔링은 얼마간은 기교의 영역에 있다. 얼마간은 선택의 문제이기도 하다. 움베르토 에코는 《장미의 이름》 초반이 너무 어렵다는 지적을 받자 "내가 힘들게 썼으니 독자도 힘들어야 한다"고 대꾸했다. 그래도 《장미의 이름》은 초입만 넘어가면 대단히 재미있다. 세상에는 마르셀 프루스트나 제임스 조이스, 토머스 핀천 같은 소설가도 있고, 그들은 자기들만의 방식으로 문학사에 한 획을 그었다. 위에 적은 사항들도 반드시 따라야 할 법칙이 아니다. 연장통에 넣고 다니다 필요한 순간 적절히 꺼내 쓸 수 있는 도구로 받아들여주면 좋겠다.

P. S.

───

대개 공포영화에서는 초반부에 가장 끔찍하게 죽는 희생

자가 한 명 나온다. '우리 외줄타기에서는 줄이 이 정도 높이에 걸려 있다'고 선언하는 셈이다.

소설《쥬라기 공원》은 위에서 말한 강조와 과장 기법을 아주 잘 활용한다. 맹수의 이빨이나 발톱에 물어뜯기고 찢겨서 맞이하는 죽음은 상상하기도 싫은 종류의 것이다. 소설은 초반에 이걸 아주 자세히 보여주고, 심지어 전문가를 동원해 '공룡이 사람의 내장을 뜯어먹을 때 그 사람은 아직 산 채로 의식도 있는 상태'라는 둥 끔찍한 소리를 늘어놓는다.

그러면서 공룡들의 예측 불가능성을 내내 강조한다. 일단 공룡 행태에 대해 알려진 바가 없어서, 그 녀석들이 어떻게 행동하는지 잘 모른다고 한다. "신경분포가 포유류와는 달라서 마취가 될지 안 될지 모른다"는 말을 들으면 마취총을 들고 있어도 별로 안심이 되지 않는다. 심지어 이 공룡들은 유전공학적 돌연변이들이라 진짜 공룡조차 아니라는 설명이 나오면 더 불안해진다. 독자들은 겁에 질려서 책에서 손을 떼지 못하게 된다.

18

'듣긴 했지만 알아낸 게 없는'
질문만 하는 당신에게

소설 쓰기 ⑤ 소설 쓰기를 위한 취재

현장을 담은 글이 한국에 부족하다고 생각한다. 저자가 직접 발품을 팔기보다는 다른 사람의 텍스트, 언론보도, 영화나 드라마, 인터넷 유행 같은 재료를 바탕으로 쓰는 글이 점점 더 많아지는 것 같다. 개인적으로는 몹시 아쉽게 생각한다. 그래서 강연장이나 사석에서 "취재를 어떻게 하시나요?" 하는 질문을 받으면 종종 답이 길어진다.

여기서 몇 가지 요령을 공유하고 싶다. 글을 쓰려면 무조건 자료를 찾고 취재를 해야 한다고 강요하려는 건 아니다. 작가 본인의 경험과 상상력이 다른 누구보다 더 풍부할 수도 있고, SF나 판타지처럼 현실세계와 접점이 덜한 장르도 있다. 그러나 대개는 취재를 바탕으로 글을 쓰면 두 가지 커다란 이점이 생긴다. 소설과 비소설에 모두 해당하는 얘기다.

의외로, 사람들은 쉽게 응해준다

우선 두루뭉술하지 않게, 추상적이지 않게 쓸 수 있다. 소설에서 구체적인 상황과 설정은 생생함으로 이어진다. 그런 생생함이 있으면 쉽게 독자를 끌어들이고 설득할 수 있다. 비소설이라면 정확한 사례와 근거가 같은 힘을 발휘한다.

다음으로, 상투성을 피할 수 있다. 어떤 사람이건, 어느 현장이건, 직접 만나고 부딪쳐보면 늘 복잡하고 새롭다. 작가가 눈으로 직접 보고 들은 사연은 도식적일 수 없다. 조직폭력배를 만나보지 않은 사람들은 그들이 회칼을 들고 다닐 거라 상상한다. 실제로는 번듯한 명함을 들고 다닌다. 정치인들을 만나보면 대부분 깊이도 있고 인간적인 매력도 많다.

그럼에도 많은 초보 작가들이 취재를 부담스러운 일로 여기는 듯하다. 자기 손발로 지식을 수집하는 법보다 교과서를 빨리 소화하는 방법을 가르치는 우리 교육도 문제인 것 같고, 질문을 공격으로 받아들이는 문화도 바뀌었으면 한다. 사실 취재는 그리 어려운 일도 아니고, 대단한 왕도가 있는 것도 아니다.

가끔 내게 취재 요령을 묻는 작가 지망생들 중에는 형사를 취재하는 법이라든가 기업 관계자를 섭외하는 법 같은 게 따로 있다고 생각하는 이들이 있다. 아쉽지만 그런 건 없다. 속된 표현으로 매번 '맨땅에 헤딩'이다. 그런데 그런 헤딩도 자꾸 해보면 실력이 늘고 자신감이 생긴다. 그리고 비소설 취재라면 몰라도 소설 취재에서는 '반드시 만나서 이야기를 들어야 하는 사람'은 거의 없다. 비슷한 이야기를 들려줄 수 있는 사람들이 많고, 그중 한 명만 섭외하면 된다.

게다가 놀랍게도 사람들은 그런 요청에 쉽게 응해준다. 신문사를 그만두고 소설을 쓰기 위해 다른 사람에게 인터뷰를 요청할 때 속으로 겁이 났다. '난 이제 기자도 아니고 그냥 백수인데 퇴짜 맞는 거 아닐까' 하고 걱정했다. 그런데 웬걸, 섭외 성공률은 신문기자 시절보다 높았다. 사람들의 반응도 훨씬 더 부드러웠다. 기자 시절에는 기대할 수 없었던 내밀한 고백까지 들을 수 있었다.

이 이야기를 기자 선후배들에게 해주면 다들 놀란다. 과거의 나처럼 기자 명함이 대단한 무기라는 착각에 빠져 있던 거다. 실제로는 정치인이나 홍보업계 종사자가 아닌 대다수 사람들은 기자와 대화하기를 꺼린다. 자기 이야기가 기사화된다는 건 큰 부담이니까. 게다가 기자들은 보통 어떤 사람이 뉴스 가치가 있는 날, 즉 그가 사고를 당했거나 정책을 준비 중이라 제일 바쁜 날에 불쑥 연락해서 얘기를 들으려 한다.

반면 소설을 위한 인터뷰는 필요한 부분만 참고하려 하고 다른 사항은 적당히 고쳐서 쓸 거라고 미리 말해두면 요청받는 측에서도 마음이 가볍다. 그리고 자기 이야기를 집중해서 들어주는 상대가 있으면 말하는 쪽도 신이 나기 마련이다.

대학 국문과, 문예창작학과 학생들을 대상으로 '취재 연습'이라는 과목을 가르칠 때 첫 수업 시간이면 늘 같은 과제를 내줬다. 부모님이나 가장 친한 친구를 인터뷰해서 그들이 살면서 겪은 가장 무서웠던 일, 혹은 가장 슬펐던 사건에 대해 듣고 그걸 육하원칙에 맞춰 에세이로 써 오라는 것이었다. 물론 인터뷰이의 개인정보는 필요 없다고 미리 말했다.

중요한 건 '어떻게'와 '왜'

다음 주 리포트를 제출하는 학생들의 눈빛은 초롱초롱했다. 그들이 가져온 결과물 중에는 범죄나 죽음과 관련한 충격적인 경험담도 많았다. 그런 이야기를 듣다가 상대에게 그게 언제였는지, 어디서 벌어진 일이었는지 캐묻는 것은 분명 쉽지 않았으리라. 그럼에도 숙제였으니 질문을 던져야 했고, 놀랍게도 그런 어려운 질문에 상대는 답을 해주었다. 그 과정을 겪어보라는 게 과제의 취지였다. 이런 경험을 한번 해보면 '취재해볼 만하네' 하는 마음이 생긴다.

그렇게 제출받은 리포트를 놓고 토론을 했다. 육하원칙이 잘 지켜졌는지, 어떤 정보가 부족하다고 느끼는지 각자 의견을 이야기했다. 사실 비소설이 아닌 소설용 취재라면 '누가, 언제, 어디서, 무엇을'은 그다지 중요하지 않다. 어차피 허구로 덮어씌울 내용들이니까. 중요한 것은 '어떻게'와 '왜'다. 그런데 여기에서 인터뷰어들은 종종 답을 듣지 못했는데도 들었다고 오해한다.

어머니에게 언제 제일 행복했느냐고 묻는 간단한 인터뷰를 떠올려보자. "엄마는 언제가 제일 행복했어?" "네가 태어났을 때지." "왜?" "자식이 태어난 거니까 당연히 기쁘지." 말로 들을 때에는 '왜'에 대한 답을 들었다고 생각하지만, 글로 써보면 거기서 질문을 더 던졌어야 했음을 알게 된다. '김 여인은 자식을 낳았을 때가 인생에서 가장 기쁜 때였다, 왜냐하면 자식이 태어났기 때문이다'라고 쓰면 너무 이상하지 않은가. 노산이어서 불안했다든가, 아이를 낳는 게 오랜 소원이었다든가 하는 보충 설명이 있어야 하지 않을까.

이런 일이 종종 발생한다. 인터뷰이가 카리스마 있는 사람이라면 얘기에서 중요한 정보가 빠져도 귀에는 그다지 이상하지 않게 들린다. 자신에게는 익숙한 업계 상식이나 사건의 맥락을 당연히 질문자가 알 거라고 생각하고 답변자가 설명을 생략하는 경우도 있다. 인터뷰어는 나중에 글로 쓸 때 가서야 '이게 왜 이런 거지? 어떻게 이럴 수가 있는 거지?' 하고 머리를 긁적이게 된다.

인터뷰 현장에서 이런 정보들이 누락되지 않게 하려면 준비를 잘해야 하고, 지적으로 성실해져야 한다. 때로는 취재를 당하는 사람 자신이 '왜'나 '어떻게'를 제대로 파악하지 못하는 경우도 있다. 작은 빵집 주인에게 매출이 준 이유를 물으면 이웃 빵집의 비정상적인 영업 행태에 대한 거센 토로를 들을 가능성이 높다. 그

때 던져야 할 질문은 옆 빵가게 주인의 인성에 대한 것이 아니라 '왜 이 작은 골목에 빵집이 나란히 들어서게 되었는가'일지도 모른다.

물어야 할 질문의 범위를 구체적으로 정해놔야 한다. '아는 선배가 국회의원 보좌관인데, 혹은 연예인 매니저인데, 혹은 물리학자인데, 이번 주말에 만나서 그 업계 밑바닥 이야기를 들어야지' 같은 자세로는 절대 원하는 바를 이룰 수 없다. 인터뷰 한두 번으로 그 이야기들을 다 들을 수 있을까? 턱도 없는 소리다.

그런데 이런 식으로 안이하게 접근하는 사람들이 꽤 많다. 물론 아예 그 분야를 모르면 기초 취재는 필요할 터다. 그때 기초 취재는 오로지 다음 단계의 취재 범위를 어떻게 더 좁힐지 탐색하는 데 있어야 한다. '국회가 배경인 정치물을 쓰겠다'에서 '어떤 법안이 우여곡절 끝에 통과되는 과정을 쓰겠다'거나 '어떤 장관 후보자의 인사청문회 막전막후를 그리겠다' 정도로까지 말이다. 그런 전략 없이 무작정 덤벼들면 낭패를 볼 가능성이 크다.

불필요한 디테일은 과감히 버릴 줄 알아야 한다. 특히 전문용어, 업계 은어 같은 것들이 그렇다. 취재를 하는 목적은 위에 적은 대로 독자에게 생생함과 설득력을 주기 위해서이지, 해당 분야 전문가에게 칭찬을 듣기 위함이 아니다. '내가 여기까지 취재했어요' 하고 보여주고 싶은 욕망은 꾹 참자. 비소설이 아니라 소설이라면 취재를 통해 알게 된 사실과 내가 그리고자 하는 이야기가 충돌할 때 전자를 무시할 수도 있다고 생각한다. 아이러니하게도 취재를 해야 그런 자신감이 생긴다.

마지막으로 중요한 것 한 가지. 가끔 자신이 무엇을 써야 할지에 대해서는 고민을 미룬 채 자료조사에만 매달리는 사람을 본다. 종일 인터넷 검색만 해놓고 진척이 있었다고 스스로를 속이지는 말자. 자료조사는 빠르게 마쳐야 할 집필의 전 단계이지, 절대로 집필 그 자체가 아니다.

P. S.

염치가 없어야 한다. 신문기자와 소설가로 일하면서 취재원에게 가장 많이 던진 질문이자 가장 중요한 질문을 딱 하나 꼽아본다면 이거다. "그게 무슨 뜻인가요?"

인터뷰이의 말을 멈추고 '그게 무슨 뜻이냐'고 되묻는

게 의외로 쉽지 않다. 상대는 너무 당연하다는 듯이 설명하는 내용을 못 알아들었다는 사실이 창피하고, 상대를 의심하고 따지는 것처럼 비칠까 봐 걱정이 되기도 한다. 간신히 한번 "그게 무슨 뜻인가요?"라고 물어서 인터뷰이가 친절한 표정으로 길게 설명을 해줬는데도 여전히 못 알아듣겠는 상황일 때는 정말 난감하다. 정말 철면피가 될 각오를 하지 않으면 "아, 그렇군요"라고 고개 몇 번 끄덕거리고 알아들은 척하면서 넘어가게 된다.

이런 태도를 버리는 데 몇 년 걸렸다. 그사이 취재해온 내용으로 기사를 쓰려다가 비로소 그 사안을 제대로 이해하지 못했음을 깨달은 적이 백 번도 넘었을 거다. 선배한테 혼나고, 데스크한테 깨지고, 다시 취재원에게 전화를 걸고, 같은 내용으로 또 혼나고 깨지고, 또 전화를 걸고, 마감 시간에 부랴부랴 다른 전문가를 찾아 재차 확인하는 경험을 수십 번 했다. 그렇게 몇 년을 보낸 다음에야 겨우 체면 따지지 않고 궁금하면 바로 물어보는 습관을 몸에 익히게 됐다.

인터뷰를 하다 보면 현장에서 알아들었다고 여긴 이야기 중에서도 제대로 이해하지 못한 내용이 많다. '당연히 이런 뜻이겠거니'라고 믿은 정보 중에서도 오해한 내용이 많다. '아마 이런 뜻이겠지'라고 추측한 사항은 반절이나 맞으면 다행이다. 그러니까 이해했다고 믿은 이야기라도 "이거 맞죠?"라고 확인을 해봐야 한다.

많은 경우에 "그게 뭡니까? 왜 그렇습니까?"와 같은 쉽고 뻔한 질문들이 가장 훌륭한 질문이다. "그러니까 이런 뜻이란 말씀이죠? 이건 아니라는 얘기죠?" 이런 질문도 좋은 질문이다. 그런 질문들을 던지려면 염치가 없어져야 한다.

논픽션은 정의 자체가 애매한 분야다. 애초에 '논픽션'
이라는 명명과 분류 자체가 문학비평에서 나온 것이 아
니고 20세기 들어서 미국 출판계에서 베스트셀러 집계
를 하면서 나왔다. 소설 같은데 소설이 아닌 책들을 한
데 모으고 거기에 '논픽션'이라는 이름을 붙였다고 한
다. 그것이 '논픽션 문학'이라는 자의식으로 발전했다.

　이름의 역사도 짧고 편의적인 분류에 기원이 있다
보니 오해가 많다. 심지어 문학이론을 소개하는 글에서
도 '픽션이 아니면 전부 논픽션'이라고 설명하는 경우가
있다. 이 규정을 받아들이면 논픽션의 범위가 너무 넓
어지고, 관습적으로 불러온 대상과도 맞아떨어지지 않

게 된다. 교양 서적, 실용 서적은 전부 논픽션인가? 사전이나 영어 회화책도 논픽션으로 봐야 하나?

'소설 같은 이야기성'이란

나는 개인적으로 논픽션을 '소설 같은 구성이지만 허구가 아니라 현실을 바탕으로 한 책'으로 정의한다. 짜임새를 강조하고 내가 아니라 남을 주인공으로 내세울 수 있다는 점에서 에세이와 구분된다. 그리고 소설 같은 이야기성을 중요하게 따진다는 점에서 일반 교양서들과 경계선을 그을 수 있을 것 같다. 세부 장르로는 이런 조건을 만족하는 평전과 회고록, 체험기, 여행기, 역사적 사건의 재구성, 르포르타주 등이 있겠다.

'소설 같은 이야기성'이라는 말을 다시 풀면 논픽션 문학에는 소설처럼 인물(주인공), 사건, 배경(현장)이 있어야 한다는 얘기다. 이 점이 시사하는 바가 크다. 논픽션 기획을 할 때부터 이들 요소 중 부족한 게 없는지 살펴야 한다. 이 중의 하나라도 빠지면 공들인 글이 논픽션 문학이 아니라 단순한 보고서나 인터뷰 모음집, 따분한 논문처럼 보이게 될 수 있다.

예를 들어 신문사에서 대형 시리즈 기사를 낸 뒤에 이걸 엮어 책으로 펴내는 경우가 있다. 이때 아쉽게도 신문에서 기사로 접할 때에는 흥미진진했던 취재 내용이 책으로는 그다지 빛을 발하지 못하는 경우가 많다. 기사는 공짜로 읽을 수 있는데 책은 돈을 주고 사야 한다거나, 기사 문장의 밀도가 너무 높아서 긴 글에는 어울리지 않는다는 점 때문에 그런 것만은 아니다.

나더러 가장 중요한 이유를 하나만 꼽으라면 '주인공이라는 뼈대가 없다'는 점을 들겠다. 신문사의 시리즈 기사들은 대개 대상과 엄격한 거리를 유지하는 관찰자 시점이고, 두괄식 형태다. 게재 순서도 주제에 따라 논리적으로 짜여 있다. 객관적이고, 말하려는 바가 무엇인지 조금만 읽어도 정연하게 이해된다는 장점도 있다. 반면 책으로 묶이면 책장을 넘길수록 '무슨 말인지 알겠다'는 생각도 짙어진다. 픽션이든 논픽션이든, 문학 독자가 몰입하는 대상은 주인공이다. 주인공의 운명이 궁금해야 뒤를 확인하고픈 동력이 생긴다.

매력적인 스토리텔링을 위해 주인공이 대단한 풍파를 겪어야 하는 것은 아니다. 취재팀이 어떤 사람들인지, 그들이 기사를 위해 어떤 궁리를 하고 어떤 고충을 겪었는지, 인터뷰이를 어떻게 섭외했는지, 현장에서 무

현실을 바탕으로

인물 사건 배경 요소를 갖추고

스토리텔링과 문제의식이 잘 지탱된다면 성공이에요.

엇을 느끼고 깨달았는지 같은 이야기만으로도 충분히 재미있는 인간 드라마가 된다.

흔히 신문사 편집국에서는 취재 기사를 모아 책으로 낼 때 기사에 미처 집어넣지 못한 사건과 현장에 대한 정보를 보강하려는 경향이 있다. 그보다는 단행본 기획 단계에서 다른 방향으로 공을 들이면 어떨까. 취재기자들 자신의 이야기를 넣는 것이 좋은 해법이 될 것 같다.

반대로 배경이라는 뼈대가 약해 아쉬운 책들도 있다. 여기서 배경은 저자가 직접 눈으로 보고 귀로 들은 현장에 대한 스케치뿐 아니라 머릿속으로 상상해서 독자가 옆에서 보고 듣는 것처럼 꾸민 묘사를 다 아우르는 개념이다. 인터뷰를 할 때에는 인터뷰 장소를 사진으로 찍거나 분위기를 메모해서 기록하자. 역사적 인물이나 사건을 다루는 책이라면 발품을 팔아 현장을 찾아보기를 권한다. 수백 년 전 사건을 묘사할 때도 적용되는 조언이다. 단 몇 줄이라도 글에서 현장 분위기를 전하면 그 효과는 놀랍다. 가능하면 모든 챕터에서 그런 현장감을 주는 것이 바람직하다. 논픽션의 스토리텔링에 대해서는 20장에서, 현장을 만드는 기법에 대해서는 21장에서 보다 깊이 다루도록 해보겠다. 이번 장에서

는 그 뼈대들을 고르고 세우는 방향에 대해, 즉 문제의
식에 대해 먼저 이야기해보자.

남다른 그의 남다르지 않았던 처지

문제의식을 한 줄로 풀이한다면 '무엇을 주장할 것인가'
라고 할 수 있다. 이에 따라 취사선택해야 할 사건과 현
장이 달라지고, 그 팩트들을 대하는 관점도 달라진다.
거꾸로 말하면 문제의식을 제대로 갖추지 못하면 자잘
한 에피소드는 많지만 전체적으로는 무슨 이야기를 하
려는지 알 수 없는 책이 되고 말아버린다. '자료적 가치
가 충분하다'는 평가를 받으면 다행이다. 안 좋게 풀리
면 피상적이고 자극적인 디테일로만 가득한 나쁜 책으
로 떨어질 수도 있다.

다소 동어반복적인 분류이기는 하지만, 누구나 동
의할 문제적 사건이나 인물을 대상으로 쓰는 논픽션을
'발생형 논픽션'으로, 그렇지 않은 무정형의 소재로 써
야 하는 논픽션을 '기획형 논픽션'으로 부르기로 하자.

예를 들어 수백 명의 인명 피해가 발생한 대형 사고
에 대해 쓴다면 기획형이 아니라 발생형이다. 백서를

쓰는 것이 아니라 논픽션을 쓰겠다면 먼저 문제의식을 아주 날카롭게 가다듬어야 한다. 사고의 원인에 대해서 쓸 것인가, 살아남은 사람들의 슬픔에 대해 쓸 것인가?

사고의 원인에 대해 쓰겠다면 그 원인을 그 사회가 품고 있던 구조적 부조리에서 찾을 것인가, 안전관리 책임자들의 처절한 무능력을 탓할 것인가? 그에 따라 만나야 할 사람들, 가봐야 할 현장이 달라진다. 그런데 이런 문제의식이 아예 없다면 자극적인 현장, 눈길 끄는 발언만 찾게 되고 이는 싸구려 황색저널리즘으로 이어진다.

이순신 장군부터 친일파나 범죄자까지 문제적 인물에 대해 논픽션을 쓸 때도 마찬가지다. 그는 어떤 사람인가? 범인의 상상력을 뛰어넘는 위대한 초인, 혹은 기괴한 괴물인가? 그렇게 태어난 것인가, 어릴 때의 환경으로 그렇게 만들어진 것인가? 혹은 결정적인 순간이 오기까지는 그도 남과 다르지 않은 장삼이사 중 한 명이었을까?

어떤 각도로 문제의식을 지녀도 좋다. 그가 슈퍼맨처럼 태생 자체가 다른 존재라면, 그 유전자가 참으로 놀랍다, 굉장하다고 단순히 서술할 게 아니라 남다르지 않았던 그의 처지를 한번 상상해보자. 그는 '나는 남들

과 다르다'는 생각으로 고심하지 않았을까? 그가 남긴
기록, 주변의 증언, 현장에서 그의 고독과 고립감을 읽
고 찾아보자. 이 인물은 자신이 뭔가 대단하거나 끔찍
한 일을 저지를지 모른다고 예감했을까? 그 운명을 두
려워했을까, 흥분하며 기다렸을까? 이런 정도로까지
문제의식을 닦아놓지 않으면 이 관점은 자칫 지루한 찬
양가나 비난 일색이라 왜 읽어야 하는지 모를 책을 낳
게 된다.

팩트의 힘으로 폭발하는 문제의식

기획형 논픽션도 마찬가지다. 밀레니얼 세대의 인터넷
하위문화에 대해 논픽션을 쓴다고 가정해보자. 인터넷
하위문화는 주류문화권 밖에서 맹렬한 실험과 도전이
일어나는 거대한 용광로일 수도 있고, 기득권에 진입할
의사를 반쯤 포기한 아웃사이더들의 피난 공간 성격이
짙다고 분석할 수도 있다. 젠더 갈등과 혐오 문화의 최
전선일 수도, 새로운 참여민주주의가 피어나려는 가능
성의 시공간일 수도 있다. 이런 문제의식 없이 단순하
게 쓰면 얄팍한 트렌드 설명서가 되어버리고 만다. 엽

기 코드 다음 병맛 코드가 왔고, 어느 커뮤니티는 무슨 분위기이고, 다른 커뮤니티는 무슨 분위기이고……. 이런 책은 오래가지 못한다.

단행본 한 권을 지탱할 문제의식을 키우는 일은 물론 쉽지 않고, 지름길도 딱히 없다. 문제의식이 훌륭하다고 해서 저절로 논픽션이 완성되는 것도 아니다. 그러나 통찰력 있는 문제의식이 적절한 스토리텔링과 현장을 만나면 픽션과는 완전히 다른 강력한 호소력을 발휘한다. 바로 팩트의 힘이다.

아쉽게도 한국 출판 시장은 논픽션 저자와 독자층이 얇고, 한국문학에서 논픽션의 지분이나 전통도 강하지 않다는 게 중론이다. 모쪼록 이 책이 논픽션 저자를 꿈꾸는 분들께 자극과 도움이 되면 좋겠다. 이 나라처럼 논픽션 소재가 넘치는 곳도 드물 텐데…….

P. S.

한국에서 다큐멘터리 방송이나 고발 프로그램의 꾸준한 인기를 보면 논픽션 잠재 독자도 분명히 적지 않을 거라 생각한다.

20

논픽션의 주인공, 현장을 가졌거나 질문을 가졌거나

논픽션 쓰기 ② 주인공과 스토리텔링 구조

발생형 논픽션에서는 비교적 주인공을 정하기 쉽다. 평전이라면 글을 쓰기 전부터 주인공이 정해진 셈이고, 역사적 사건의 재구성이라면 가장 문제적인 인물 한 사람이나 두 사람을 골라 주인공으로 삼으면 된다.

이때 인물, 사건, 배경은 서로 유기적으로 얽혀 있다는 사실을 명심하자. 인물 한두 명에 초점을 맞추고 이야기를 펼치다 보면 다루는 사건의 폭이나 무대의 범위를 얼마간 축소하거나 잘라내야 할 수도 있다. 어쩔 수 없이 스토리텔링이라는 렌즈 주변부로 밀려나는 사람들이나 사건들이 생기고 만다. 이게 아깝다고 버리지 못하면 원고가 산만해진다. 보여줄 거리가 많더라도 초점부터 제대로 잡아야 독자가 몰입할 수 있다.

글의 깊이 더하는 '다른 관점'

2017년도 아마존 '올해의 책' 종합 1위를 차지하고, 같은 해 미국의 여러 매체에서 논픽션 부문 최고의 책으로 뽑힌 《플라워 문》을 예로 살펴보자. 이 책 한국어판에는 '거대한 부패와 비열한 폭력, 그리고 FBI의 탄생'이라는 거창한 부제가 붙어 있다. 실제로 읽어보면 그런 부제가 전혀 어색하지 않은, 1920년대 미국의 끔찍한 범죄 스캔들을 소재로 했다.

미국 오클라호마주에 사는 오세이지 부족 인디언 여성 몰리가 불안에 빠지는 것이 책의 시작이다. 언니 애나가 사흘 전부터 연락이 끊겼기 때문이다. 한편 몰리의 동생 미니도 3년 전, 스물일곱 살이라는 한창나이에 석연치 않은 죽음을 맞은 바 있다. 몇 년 뒤 FBI를 창설하게 되는 존 에드거 후버가 수사관 톰 화이트를 파견한다. 이후 독자들은 톰 화이트의 뒤를 쫓아가며 사건의 전모를 파악하게 된다.

《플라워 문》을 다 읽고 책 내용을 요약하면서 톰 화

이트라는 인물을 아예 언급하지 않을 수도 있다. 실제로도 이 책 번역판의 신문 서평에는 이 인물이 아예 나오지 않는 기사도 여러 건 있다. 그러나 저자 데이비드 그랜이 관련 사실들을 그저 시간순으로 서술하지 않고 추리소설 같은 구성으로 엮은 뒤 톰 화이트라는 주인공을 내세운 효과는 엄청나다. 화이트의 시선에서 빗겨난 팩트들의 이야기 내 비중이 줄어드는 것을 무릅쓸 만큼.

JTBC 양원보 기자의《1996년 종로, 노무현과 이명박》은 15대 국회의원 선거 당시 서울 종로구에서 노무현과 이명박 후보가 맞붙었던 일화를 흥미진진하게 그린다. 책은 1992년 14대 국회의원 선거 다음 날 부산의 노무현 후보 사무실에서 시작하는데, 매우 적절한 선택이다. 집중해야 할 중심 사건은 15대 총선이다. 두 주인공에 대해 1990년 이전의 재미있는 에피소드를 안다 하더라도 중간에 짧게 넣어주는 것 이상의 욕심은 부리지 않는 게 현명하다.

주의해야 할 점이 있다. 주인공을 선택하고 그 인물의 시점에서 사건을 전개하라는 조언은 그 인물의 주장을 무조건적으로 수용하라는 얘기가 절대로 아니다. 주인공이든, 저자든 사안에 대해 강하게 주장하는 바가 있다면 검증하고 반론을 소개하는 것이 논픽션의 기본이다. 확인되지 않은 사실에 대해서도 마찬가지다. 반론을 구하기 어렵다면 저자의 입을 통해서라도 주장의 한계를 짚어줘야 한다. 이런 작업은 논점을 흐린다기보다는 다른 각도에서 사건을 보게 해 글에 깊이를 더해준다. 촬영장에 조명대를 하나 더 세운다고 여기자.

기획형 논픽션, 특히 르포르타주라면 주인공을 설정하기가 좀 더 까다롭다. 취재와 탐사 활동을 하고 있는 저자가 1인칭 주인공으로 나서야 하는데, 르포 스토리텔링과 주인공의 역할을 매끄럽게 연결하는 기술이 쉽지 않다.

학생들과 수업을 할 때 나는 르포 스토리텔링을 귀납식(상향식)과 연역식(하향식), 크게 두 가지로 분류했다. 모든 르포가 이 분류법에 들어맞는 것은 아니지만, 르포 작가들이 자기가 쓰려는 글의 뼈대를 세우기에는 이 도구가 제법 유용하다.

현장들을 보여주면서 책이 주장하려는 바와 문제의식을 서서히 떠오르게 한다면 귀납식, 책 앞머리에서 문제를 먼저 제기하고 관련 현장들을 찾아다니며 답을 모색한다면 연역식이다. 자신이 쓰려는 원고가 현장이 풍부하다면, 실태가 충격적이라면, 고발에 목적이 있다면 귀납식으로 쓰는 게 유리하다. 반면 문제의식이 참신하고 해법에 관심이 많다면 연역식이 어울린다.

애널리스트 출신 작가 코너 우드먼의 《나는 세계 일주로 자본주의를 만났다》는 귀납식 르포의 대표 사례라 부를 만하다. 이 책의 원제는 '불공정 무역(Unfair Trade)'이다. 선진국 국민들이 손쉽게 구입하는 제품들이 실제로 어떻게 생산되고 있는지, 그 과정에서 생산국 국민들은 어떻게 착취를 당하고 있는지 추적했다. 우드먼의 방법론은 간단하다. 스마트폰 부품 재료에서부터 양귀비에 이르기까지, 생산 현장에 가서 자기 눈으로 직접 살펴보고 체험하는 것이다.

우드먼의 주장 자체는 그리 새롭지 않다고 할 수도 있다. 그러나 니카라과 어촌의 청년들이 제대로 된 장비 없이 바닷가재를 잡다가 영문도 모르는 채 잠수병에 걸리는 대목을 읽다 보면 신음 소리가 절로 난다. 공정무역 인증의 기만성을 고발하는 부분도 마찬가지이다. 이 같은 현장 묘사가 있기에 '건강한 자본주의를 만들기 위한 여덟 가지 방법'이라는 말미의 결론에 힘이 실린다.

한승태 작가의 《인간의 조건》 역시 같은 구성을 취한, 추천하고픈 르포다. 젊은 저자가 꽃게잡이 배, 편의점, 주유소, 돼지 농장, 비닐하우스 등 2010년대 한국의

'밑바닥 직업'을 온몸으로 체험하고 썼다. 책 앞뒤 저자의 제언도 귀담아들을 가치가 있고, 저자의 글맛도 대단한 수작이지만, 이 책 역시 핵심은 생생한 현장성에 있다.

귀납식 구성의 르포는 픽션으로 치면 모험소설과 비슷한 구성이고, 1인칭 화자는 주인공인 모험가 역할을 한다. 그는 위험한 현장을 찾아가거나 무모한 실험을 벌인다. 경영대학원 교수 두 사람이 온갖 자기계발 지침을 1년간 체험하고 쓴 《자기계발을 위한 몸부림》, 한 가족이 중국산 제품 없이 1년간 살아본 체험기를 쓴 《메이드 인 차이나 없이 살아보기》 같은 책도 이에 해당하겠다.

결론은 책을 펼치기 전에도 대체로 짐작이 간다. 그러나 그 과정이 재미있다. 자신이 쓰려는 르포가 현장이 생명이며, 이미 점찍어둔 현장이 여러 곳 있다면, 특히 그 현장들을 병렬형으로 연결해서 써도 충분하다면 귀납식 구조를 검토해보기 바란다. 여러 사람이 합심해서 팀으로 책 한 권을 만들어내기에도 적합하다. 다만 이 방식은 성실하지 않게 썼을 때 그만큼 티가 더 잘 드러난다. 자칫 잘못하면 '글을 조립해서 쓴 것 같다'는 비판을 받을 수도 있다.

르포 스토리텔링

대표적인 방식

여러 현장을 돌아다니면서 문제점을 도출해보자.

모험가 타입

귀납식

이 문제를 어떻게 풀지... 참신한 해법이 필요해.

탐정 타입

연역식

탐정형 주인공과 연역식

연역식 구성 르포에서 1인칭 화자는 탐정이 된다. 그는 글 초입에서 색다른 질문을 던진다. 이를테면 '왜 현대사회는 외향적인 사람을 찬양하는가?' 같은 질문이다. 그리고 그 문제의식을 바탕으로 관련 현장을 찾아다닌다. 수전 케인의 책 《콰이어트》가 그런 책이다.

케인은 성격을 바꿀 수 있게 해준다는 세미나나 하버드 경영대학원 같은 현장을 찾아가고, 다양한 사람들을 인터뷰하고, 과거와 현대의 자기계발서와 광고들을 분석하기도 한다. 그러면서 점점 더 현대사회가 어떻게, 왜, 외향적인 성격을 숭배하고 내향적인 성격을 바꿔야 할 단점으로 몰고 가는지 설득력 있게 보여준다.

김민섭 작가는 《훈의 시대》에서 '한 시대를 포위하고 있는 언어의 기록'을 찾는다는 포부를 밝힌다. 그가 추적하는 것은 학교의 교훈(校訓), 회사의 사훈, 아파트 단지의 브랜드 이름 등 주변에서 알게 모르게 우리를 규정하거나 우리에게 무언가를 강제하는 말들이다. 김 작가는 교훈을 바꾸려다 실패한 학교, 재미있는 사훈으로 화제가 된 회사를 찾아가고, 유명 아파트의 광고 모델과 카피를 분석한다.

날카로운 질문을 던진 연역식 구성 르포가 통찰력 있는 답을 제시하면 독자들은 짜릿한 느낌마저 맛볼 수 있다. 그러나 이 방식은 귀납식 르포에 비하면 근거를 논리적으로 차곡차곡 잘 쌓는 데 그만큼 힘이 더 든다. 또 주장에 걸맞은 현장들을 찾는 취재 과정도 쉽지 않다. 이런 관념적 구성에서 현장이 없으면 글 전체가 학술논문처럼 딱딱해진다. 문제의식을 현장과 연결하는 기술에 대해서는 다음 장에서 더 살펴보도록 하자.

P. S.

코너 우드먼의《나는 세계일주로 자본주의를 만났다》와 그 전작인《나는 세계일주로 경제를 배웠다》를 헷갈리지 마시길. 전작도 재미있기는 하다.

21

납작한 활자를 입체 카드로……
생생한 논픽션 만드는 여섯 가지 비결

논픽션 쓰기 ③ 문제의식과 현장을 연결하는 기술

논픽션에 현장감을 더하는 방법에는 내가 추천하는 방법이 세 가지, 다소 까다로운 방법이 세 가지 있다. 앞의 세 가지는 현장 인터뷰, 체험, 스케치이고, 후자는 실험, 소설적 재구성, 사고실험이다.

　어떤 방법을 써야 하는지는 △특정 인물이 하는 말과 행동이 중요한가 △구체적인 현장을 다시 볼 수 있느냐 △저자가 직접 체험 혹은 실험할 수 있느냐를 기준으로 판단하면 된다. 지난 장에서 소개한 논픽션들과 몇몇 다른 책들의 예를 들어가며 소개해본다.

현장 인터뷰

특정 인물의 증언이 중요하고, 구체적인 현장이 있어서 그가 하는 행동을 옆에서 볼 수 있다면 이 방법을 사용하기를 권한다. 신문의 르포 기사에서 자주 사용되는 방법이며, 특히 공장이나 공방 르포를 찾아보면 기자들이 사용한 기법을 잘 관찰할 수 있다.

책의 주제에 있어서 아주 중요한 인터뷰를 하게 된다면 대상 인물이 일하는 장소에서 할 수 없는지, 그 장소를 보여줄 수 없는지 요청해보자. 그런 인터뷰를 할 때에는 말만 받아 적지 말고 상대의 행동에서부터 표정이나 몸짓도 잘 메모해놓자. 그 현장에서 어떤 소리가 나는지, 냄새는 어떤지, 온도나 습도, 인상과 분위기는 어떤지도 살피자. 그런 감각 정보들이 독자에게 바로 그 현장에 있는 듯한 효과를 줄 수 있다.

앞에서도 소개했던 코너 우드먼의 《나는 세계일주로 자본주의를 만났다》에서는 저자가 중무장한 마약 단속 요원들과 함께 아프가니스탄의 양귀비 재배 농가들을 방문하는 대목이 나온다. 우드먼은 작전에 참여한 병사와 통역사의 말 사이사이로 호송 차량의 무장 상태에서부터 도로의 흙먼지, 푸른 밀밭, 하늘의 흰 솜털구

름까지 자세하게 묘사한다. 살벌한 근경과 평온한 원경이 대비되어 독자는 그로테스크한 느낌을 맛보는 한편, 이 비극이 자연이 아니라 인간에게서 비롯된 것임을 무의식중에 느끼게 된다.

현장 인터뷰를 정리할 때에는 독자가 인터뷰이의 행동을 보면서 동시에 그의 말을 듣는 것 같은 느낌을 받도록 해야 한다. 실제로 인터뷰 현장에서는 인터뷰이가 자기 행동을 보여주면서 말을 하기는 어려울 때도 있다. 그런 경우 인터뷰와 현장 스케치를 순차적으로 한 다음에 교차편집하는 것도 당연히 허용된다.

소설적 재구성

특정 인물의 말과 행동이 중요하지만, 구체적인 현장이 없거나 재연할 수 없을 때 이런 방법을 사용할 수도 있다. 흔히 평전이나 범죄, 혹은 역사적 사건을 다룬 논픽션에서 쓰는 기법이다. 미국 시골 마을에서 일어난 끔찍한 일가족 살해 사건을 소설처럼 써 내려간 트루먼 커포티의 《인 콜드 블러드》가 이 방면으로 가장 유명한 책이겠다.

2010년대 들어 국내 신문업계에서는 나날이 독자를 잃어가는 데 대한 돌파구로 뉴저널리즘, 혹은 내러티브 기사라 부르는 이런 소설적 재구성 방식의 기사들을 시도했다. '내러티브 리포트' 등의 열쇠 말로 검색하면 여러 신문들이 시도한 이런 사례들을 찾을 수 있다. 한 편 한 편이 다 언론사로서는 상당히 공을 들인 작품들로, 관심 있는 분들께 일독을 권한다. 뉴스 플랫폼이 나날이 더 짧고 파편적인 기사들에 유리한 방식으로 변하는 통에 이런 시도들이 더 퍼지지 못한 것이 아쉽기만 하다.

확실히 이 방식은 단순한 스케치보다 훨씬 더 깊은 몰입감을 준다. 문제는 취재해야 하는 분량이 훨씬 더 방대해져야 한다는 것이다. 소설에 필요한 묘사는 보통 논픽션에 필요한 묘사와는 초점이 다른 경우가 많다. 이런 공란을 허구로 채우다 보면 원고가 점점 논픽션의 경계를 넘어 '팩션'이 되어버린다. 범행을 저지를 때 범인이 풍겼던 냄새를 피해자에게 물어야 하는가, 아니면 상상으로 써도 괜찮은가? 쉽지 않은 답이다.

체험

특정 인물의 증언이 중요하지 않고, 구체적인 현장이 있으며, 저자가 그 현장의 활동을 직접 체험할 수 있을 때 시도할 수 있는 방법이다. 신문 기사에서도 흔히 볼 수 있는 형태다. '체험해보니', '직접 해보니' 등의 키워드가 제목에 들어간 기사를 찾아보면 된다. 노숙자, 아이돌 연습생에서부터 야구장 볼보이, 애인 대행 서비스, 여론조사원 등등 다양한 사례가 나온다.

체험 방식의 장점을 살리려면 옆에서 보거나 상상하는 것만으로는 알 수 없는 생생한 고백이 나와야 한다. 체험을 하면서 다른 사람이 '우와, 진짜 그래?' 할 정도로 놀라운 팩트나 예상치 못한 느낌들을 부단히 찾아야 한다. 그렇다고 이때 체험을 하는 당사자의 몸이 고되다고 거기에 비례해서 저절로 글이 좋아지는 것은 아님을 명심하자. 어떤 일을 고작 한나절가량 겪은 뒤에 고통을 지나치게 호들갑스럽게 강조하면 역효과가 나리라는 점도 명심해야 한다. 훌륭한 교재로, 한승태 작가의 《인간의 조건》을 다시 한번 추천한다.

을지로에 가면

기록해두고 잊지 말아야 할

현장의 모습들이 있다.

스케치

특정 인물의 증언이 중요하지 않고, 구체적인 현장이 있지만, 저자가 그 현장의 활동을 직접 참여할 수는 없고 관찰할 수만 있을 때 사용하면 좋은 방법이다.

　스케치 자체는 특별히 어려운 기술은 아니다. 그래서일까. 학생들을 가르치다 보면 글의 흐름과 관련이 없는 세부사항이나 풍경을 묘사하는 데 지나치게 공을 들인 과제를 받곤 한다. 무조건 자세하게 묘사한다고 해서 생동감이 살아나는 건 아니다. 때로는 글이 지루해지기만 할 수도 있다. 그 현장의 문제성이 어디에 있

그리고 현장의 향기도...

기억해두자.
앞도 보고...

는지, 어떤 요소들을 자세히 전달할 때 그 문제성이 더 제대로 전달이 될 수 있는지 고심해보자. 그 현장에서 움직이는 사람들이 어떤 질서와 규칙을 따르는지 살펴 보자.

진귀한 구경거리가 있다고 해서 거기에 반드시 주 제의식이 담기는 것도 아니다. '왜 이 장소를 묘사해야 하나? 왜 그렇게 묘사해야 하나?' 하는 질문을 스스로 에게 던지면서 현장을 살펴보자. 한 가지 팁을 제안한 다면, 단 석 줄로 스케치를 끝낸다고 생각하고 현장을 묘사하는 것이다. 정밀화가 아니라 크로키를 그린다고 여기며 현장을 묘사한 뒤 거기에 살을 붙이면 길을 잃 을 가능성이 줄어든다.

실험

특정 인물의 증언이 중요하지 않고, 구체적인 현장도 없을 때, 저자가 문제의식을 생생하게 드러내기 위해 사용할 수도 있는 방법이다. 일반적으로는 추천하지 않 는다. 왜냐하면 제대로 된 방법론에 입각해 실험을 설 계하기란 매우 어렵기 때문이다.

'국산 맥주는 정말 맛이 없는가'라는 문제로 원고를 쓰면서 친구들을 모아 맥주 시음 블라인드 테스트를 한다면 독자들은 저자가 재미있는 현장을 만들었다고 환영할 것이다. 논픽션 문학에 그 정도 삽화가 들어가는 것까지는 허용된다. 하지만 그런 실험의 결과는 엄밀히 말해 통계적·과학적으로는 별 의미가 없으며, 거기에 기대 어떤 주장을 펼쳐도 곤란하다. 학자들에게 인정받을 정도로 실험설계를 하고 싶다면 대학에서 관련 수업을 받기를 권한다.

사고실험

특정 인물이 실제로 한 말이나 행동이 중요하지도 않고, 구체적인 현장도 없거나 재연할 수 없으며, 저자 한 사람의 힘으로는 제대로 된 실험도 벌일 수 없을 때 마지막 보루가 될 수 있는 방법이다. 스탠퍼드대학 역사학과 교수인 이언 모리스의 《왜 서양이 지배하는가》가 이렇게 시작한다. 책은 1848년 영국의 빅토리아 여왕이 청나라 대사 앞에 무릎 꿇고 중국의 식민지가 되는 장면을 다섯 페이지에 걸쳐 근사하게 묘사한다. 도발적인 질문을 던지는 대체역사물인 셈이다.

미국의 기업인이자 정치인으로, 2020년 미국 민주당 대선후보 경선에도 출마했던 앤드루 양의 저서 《보통 사람들의 전쟁》은 중간에 SF 기법을 쓴다. 소규모 화물차 회사 사장이 최근에 도입된 자율주행 트럭 때문에 파산을 앞두고 있다. 그가 시위를 벌이자 화물차 기사 수백 명이 합류하며, 얼마 지나 시위대는 수만 명으로 불어난다. 폭동은 진압되지만 국수주의 정당이 미국 남부에서 득세하면서 분리독립 운동의 열기가 높아지고, 곳곳에서 로봇 소유자를 겨냥한 폭력 사태가 발생한다.

재미있는 기법이지만 이는 이미 논픽션의 범위를 벗어난 테크닉이다. '논픽션 속 픽션'이라고 봐야 한다. 위에서 말한 다른 다섯 가지 기법이 도저히 여의치 않을 때 제한적으로만 쓰도록 하자.

P. S.

앤드루 양의 《보통 사람들의 전쟁》을 읽다가 감탄했다. 우리에게도 이렇게 미래 비전을 갖추고 글도 잘 쓰는 정치인이 있으면 좋겠다.

22

욕먹어야 한다면,
정확한 욕을 먹기 위해 애쓰자

퇴고하기, 피드백받기

책을 쓰는 일이 시작부터 끝까지 다 자신과의 싸움이지만, 퇴고 단계는 특히 더 그러하다. 각고의 노력 끝에 마친 단행본 한 권 분량의 초고는 저자의 에고를 응축한 덩어리라 해도 과언이 아니리라. 거기에 날카로운 톱과 칼을 들이대 뼈를 잘라내고 살을 발라내야 하다니, 결코 쉬운 일일 수 없다.

가끔 나는 퇴고를 잘하는 작가는 인생도 현명하게 잘 살 것 같다는 생각을 한다. 글의 착상이나 취재, 집필과 달리 퇴고만큼은 인격과 관련이 있어 보이기 때문이다. 퇴고를 잘하려면 자기감정을 잘 다스리고 냉정해져야 한다. 참을성도 있어야 하고, 자신과 자신의 작업물을 객관적으로 바라볼 줄도 알아야 한다. 자신의 장점과 단점이 뭔지 파악해야 한다. 타인의 조언과 비판에도 귀를 열 수 있어야 한다.

인격을 단박에 그런 경지로 끌어올릴 수는 없겠지만, 퇴고의 요령은 그나마 몇 가지 있을 것 같아 정리해봤다.

믿으세요, 퇴고의 힘을

작가 생활 초기에는 퇴고를 하는 게 정말 싫었다. 어떤 원고는 너무 오래 붙들고 있던 통에 진절머리가 나서 다시 쳐다보기 싫었다. 어떤 원고는 진짜 잘 썼다는 생각이 들어 빨리 남한테 보여주고 칭찬을 듣고 싶었다. 어떤 원고는 엉망진창이라 고칠 엄두가 안 났다. 이것도 저것도 아닌 원고는 이만하면 됐지 싶어서…… 재미없는 퇴고 과정을 생략해버리고 싶었다.

퇴고를 하지 않는다는 기인 작가도 드문드문 있기는 하다(빚에 쪼들려 원고를 빨리 써내야 했던 도스토옙스키가 그랬다고 한다). 그러나 몇몇 천재들을 제외한 우리 절대다수의 글은, 고칠수록 분명히 나아진다. 조금 나아지는 게 아니라 아주 확확 나아진다(사실 도스토옙스키도 퇴고를 했더라면 글이 더 나아졌을 것이다). 세 번, 네 번씩 퇴고를 해서 초고보다 얼마나 나아졌는지 깨닫는 경험을 하면 이 작업을 무시할 수 없게 된다. 그 힘을 믿자.

참고로 나는 요즘 퇴고를 다섯 번가량 한다. 주변 작가들의 이야기를 들어보면 퇴고를 적게 하는 편인 것 같다. 하긴, 헤밍웨이는《무기여 잘 있거라》를 서른아홉 번 고쳐 썼다고 하니. 나는 첫 번째 퇴고를 할 때에는 이야기의 앞뒤가 맞는지 먼저 검토한다. 소설이라면 회수하지 않은 복선이나 캐릭터 붕괴, 설정 오류가 없는지, 비소설이라면 논지에 맞게 글이 전개됐는지, 어색한 대목이 없는지 살핀다. 문장을 다듬기 시작하는 것은 세 번째나 네 번째 퇴고할 때쯤에서다.

남의 글 보듯 내 글을

당연한 말이지만 원고를 묵혔다가 시간이 어느 정도 흐른 뒤에 펼치고 검토하는 게 도움이 된다. 글을 썼던 과거의 나를 잊고, 내가 아닌 남이 쓴 글이라 여기고 살필 수 있어야 한다. 컴퓨터로 작성한 문서라면 모니터상이 아니라 출력해서 살피는 것은 기본이다. 필요하다면 직접 읽어보면서 문장의 길이와 호흡을 점검해보자.

자신만의 기준과 도구를 마련해놓을 수도 있다. 내 경우 문서작성기의 기본 설정 상태를 기준으로, 한 문장이 세 줄을 넘어갈 경우 무조건 손을 본다는 원칙이 있다. 누구에게나 적용할 수 있는 기준은 아닐 것이다. 내가 평소 쓰고, 또 추구하는 글의 스타일에는 문장 길이가 그보다 짧은 편이 낫다고 판단했기에 도입한 장치다.

그런 지침을 몇 가지 정해놓으면 어디를 먼저 고쳐야 할지 찾아내는 데 유용하다. 소설가라면 한 챕터의 분량이나 등장인물이 다른 사람의 방해를 받지 않고 혼자 늘어놓는 대사의 길이에 대해 최대치를 정해놓고 호흡을 조절할 수도 있겠다. 주장을 담은 책이라면 각 세부 주장별 근거의 개수를 셀 수도 있을 것이고, 글의 논지를 그림으로 그려볼 수도 있을 것이다.

자신이 습관적으로 반복하는 실수가 뭔지 파악하는 일도 중요하다. 나는 초고를 쓸 때 의존명사 '것'을 자주 써서 복문을 만드는 안 좋은 버릇이 있다. 나중에 퇴고를 할 때 어떻게든 '것'의 수를 줄여보려 한다. 행동을 묘사할 때 '~하기 시작했다'라고 쓰는 것도 나의 나쁜 버

흐음...

정말로
이번에는
끝나면 좋겠는데...

흐음...

어느덧 5차 탈고.

소설가 배우자의 자리는

책 읽기를 좋아하는 편이 유리한가 봅니다.

릇이다. 그런 습관이 있다는 사실을 알게 된 뒤로 퇴고할 때라도 수정하려 애쓰고 있다. '자전거가 앞으로 나아가기 시작했다'를 '자전거가 앞으로 나아갔다'고 고치는 식이다.

타인 의견 감사히 듣고

그래도 사람인 이상 아무리 애써도 자기 원고를 객관적으로 보는 데에는 한계가 있다. 그래서 퇴고만큼은 기성작가가 신인보다 훨씬 유리한 처지에 있다. 편집자의 조언을 들을 수 있기 때문이다. 문학 전문 출판사에서는 편집자와 저자가 교정지를 두세 차례가량 주고받는데, 이 과정에서 원고의 완성도가 크게 높아진다.

읽고 쓰는 일에 관심 있는 가족이 있다면 엄청난 행운이라 여기고 감사해야 한다. 예비작가의 두툼한 원고를 기꺼이 읽어주고 솔직히 조언해줄 지인이 어디에 또 있겠는가. 어떤 면에서는 가족이 편집자보다 더 낫다. 편집자는 작가의 감정을 다치게 하지 않을까 싶어 종종 몸을 사리기 때문이다. 스티븐 킹도, 무라카미 하루키도, 아내의 조언을 받아 퇴고한다고 한다. 나도 그렇다. 이 글도 아내의 피드백을 받아 작성했다(여보, 오케이?).

　편집자든 배우자든 다른 사람의 지적을 받았을 때에는 차라리 받아들이지 않을지언정 절대 반박하지 말라. 물론 그러기 쉽지 않다. 처음에는 칭찬이 아닌 모든 언급이 공격으로 들리고, 상대의 독해력이 한심하게 느껴질 것이다. 기성작가 중에도 편집자와 감정싸움을 벌이는 사람이 은근히 있고, 나 역시 초짜 시절 그랬다. 지금도 원고의 흠결을 지적해주는 아내 앞에서 자주 얼굴이 굳어진다.

　그런 주제에 이렇게 말하기 민망하지만, 참으로 바보 같은 짓이다. 내게 도움을 주려는 사람의 조언에 분노를 표하며 대거리한들, 무슨 실익이 있는가? 왜 내 최고의 우군을 적으로 돌리려 하는가? 말로 상대를 반박하지 말고, 하고 싶은 이야기가 있다면 글로 써서 원고를 보완하자. 특히 어느 대목이 무슨 뜻인지 잘 이해가 안 간다는 지적을 받았다면 그 부분은 반드시 고쳐야 한다.

'맷집'도 키워놔야 한다

예비 소설가들이 모여 서로 작품을 돌려 보고 합평을 할 때에도 마찬가지다. 그 작은 자리에서 서로 인정투쟁을 벌일 이유가 없다. 어떤 글이 좋은 작품이냐에 대한 견해는 저마다 다를 수 있으니 다른 사람의 인상비평은 걸러 들으면 된다. 구체적인 논지와 문장, 표현에 대한 의견에 집중해서 좋은 약이라 생각하고 받아먹자. 그리고 다른 사람의 글에 대해 의견을 낼 때에는 최대한 예의를 갖춰서 구체적으로 말해주자.

전문적인 부분에서는 외부 감수를 부탁할 수도 있다. 나는 장편소설《우리의 소원은 전쟁》초고를 쓰고 나서 탈북민 출신인 주승현 통일학 박사(현 인천대 동북아국제통상학부 교수)와 송홍근〈신동아〉기자에게서 각각 감수를 받았다. 물론 이런 경우에는 감수의 대가를 지불해야 한다.

작가의 꿈을 꾸는 사람이라면 퇴고와 피드백받기에 대해서는 얼마간 각오가 서야 한다. 진지하게 글을 쓰는 한, 두 가지 모두 글쓴이를 영원히 쫓아다닐 골칫덩이다. 아무리 글솜씨가 늘어도 초고는 언제나 엉성한 가건물이다. 논리적 구멍과 오타가 수두룩하다. 독자의 피드백은 있으면 있는 대로, 없으면 없는 대로, 모든 작가의 평상심을 위협한다. 글을 읽어주는 사람이 늘어나면 사무치게 아픈 비판도 따라온다.

어느 한구석 모난 데가 없어질 때까지 원고를 매끌매끌하게 만들라는 얘기가 아니다. 누구도 욕하지 않는, 흐리멍덩한 책을 목표로 삼으라는 말이 결코 아니다. 나의 조언은 오히려 그 반대에 가깝다. 뾰족한 곳을 더 뾰족하게 깎자. 글은 날카롭게 깎되 마음은 온유하게 먹자. 욕을 먹어야 한다면 정확한 욕을 들어먹기 위해 애쓰자. 비판에 익숙해지자.

이 책 제목이 '쉽게 책을 써서 돈 버는 법'이라면 이런 말 안 할 텐데, 때로는 군중의 공격에 맞서는 결기도 필요하다. 기실 위대한 작가, 아니 위대한 예술가들은 모두 그렇게 자기 시대와 잘 싸운 사람들이다. 책이 금서로 지정된 이도 있고, 출판사를 구하지 못한 이도 있으며, 더 안 좋게는, 구금되거나 추방된 이도 있다. 예비 작가들의 용기와 건투를, 진심으로 응원한다. 누가 뭐라 하건 작품은 정직하게 응답할 것이다.

P. S.

아내가 원고를 읽고 고칠 점을 지적해줄 때 아무리 애써도 웃는 표정이 되지는 않는다. 그러다 얼굴이 너무 굳어지면 아내도 눈치를 챈다. 그러면서 "앞으로는 내 의견 얘기 안 해준다"고 약을 올린다. 그게 너무 싫다…….

23 "내 글 읽어주세요" 하기 전에

투고 요령과 독서 공동체

자, 이제 퇴고를 마치고 투고를 할 차례다. 인터넷을 검색하면 투고 요령을 설명하는 다양한 글이 나오는데, 대부분의 조언은 상식을 크게 벗어나지 않는다. 사전에 출판사의 성격과 자신의 원고가 맞는지 살피라든가, 출판사 이름을 틀리지 말자든가, 무턱대고 출판사에 찾아가지 말라든가, 한꺼번에 여러 출판사에 단체 메일로 원고를 보내지 말자는 것이다.

그중 어떤 글은 때로 '이렇게만 투고하면 출간된다'는 식으로 현실을 과장하는데—심지어 '100퍼센트 성공'이라는 문구를 제목에 넣은 글도 보인다—, 어림없는 얘기다. 너무나 당연한 말이지만, 100퍼센트 출간을 보장하는 투고 비법은 존재하지 않는다. 만약 그런 비법이 있다면 책이 지금보다 몇십 배는 더 쏟아져 나와야 할 테다.

마음 가는 원고, 마음 안 가는 원고

종합출판사 ㄱ사에는 문학과 비문학을 합해 투고 원고가 하루에 적으면 두 편, 많으면 다섯 편가량 들어온다고 한다. 역시 종합출판사인 ㄴ사 관계자도 "투고 원고가 한 달에 300편이나 온다. 한 사람이 처리하기 곤란할 정도"라고 한다. 종합출판사인 ㄷ사에는 일주일에 스무 편 이상 온다고 한다. 물론 이 중에 실제로 출간으로 이어지는 원고는 극소수다.

거액 상금이 걸린 장편소설 공모전의 경쟁률이 200대 1에서 300대 1 정도 수준인 것을 감안하면 투고의 경쟁률이 낮다고 할 수 없는 셈이다. 어떤 면에서는 투고가 더 불리하다. 투고 원고는 보통 출판사의 막내 편집자가 맡아 살피는데, 그가 원고를 다 읽어본다는 보장이 없다. "솔직히 다 못 읽는다"고 고백하는 편집자도 있다. 내 경우 한겨레문학상을 받고 정식 데뷔한 뒤에도 여러 출판사에 소설 원고를 보냈는데, '원고를 잘 받았다, 검토하겠다'는 의례적인 답장이 오는 확률도 절반 정도에 불과했다.

문학공모전이 여러 비판을 받음에도 개인적으로 유지돼야 한다고 믿는 이유가 여기에 있다. 작가가 되는 방법이 공모전밖에 없다면 기괴한 상황이다. 하지만 작가가 되는 방법이 여러 가지 있고 거기에 공모전도 추가된다면 작가 지망생들에게 좋은 일이라고 생각한다 (소설 공모전에 대한 이야기는 졸저《당선, 합격, 계급》에서 상세히 다뤘기에 여기서는 넘어가기로 하겠다).

다행히 최근에는 웹소설이나 카카오에서 운영하는 브런치북 같은 새로운 연재 플랫폼이 생기고, 크라우드 펀딩 같은 방법도 생겼으며, 출판 각 부문이 외주화하면서 독립출판의 길도 쉬워졌다. 브런치북 출판 프로젝트를 통해 출간된《90년생이 온다》, 독립출판물이었던《죽고 싶지만 떡볶이는 먹고 싶어》같은 책들이 대성공하면서 출판사들의 태도도 확연히 달라졌다.

플랫폼이 어떻든 기본은 같다. 출판사에서 책을 한 권 펴내는 데 수백에서 수천만 원이 든다. 그 돈을 나에게 투자해달라고 상대를 설득해야 한다. 먼저 '번지수'부터 잘 찾아야 한다. 모든 분야의 책을 내는 종합출판사는 그다지 많지 않다. 자기계발 서적 전문 출판사에 소설 원고를 투고하거나 학술서 전문 출판사에 육아 에 세이를 보내봐야 응답은 없을 것이다. 출판사 홈페이지 를 찾아가 어떤 책을 내는 곳인지 확인하는 수고는 들 이자.

　무엇보다 원고의 질이 중요하다. 이미 출간된 어떤 책과 비교해서 내 원고가 못하지 않다는 말은 의미가 없다. '감성 에세이'를 출간한 출판사에는 자기 인스타 그램이나 페이스북에 올린 글 뭉치를 보내오는 사람이 그렇게 많다고 한다. '내 글이 너희가 낸 책보다 못할 게 뭐 있느냐'는 생각일 것이다. 하지만 미안하게도 그런 에세이 책들은 내용이 아니라 저자의 SNS 팔로워 숫자 를 보고 출간됐을 가능성이 높다.

　사실 독자를 사로잡는 글과 편집자를 사로잡는 글 이 따로 떨어져 존재하는 게 아니다. 편집자가 1차 독 자이며, 투고든 청탁이든 편집자들도 원고를 검토할 때 독자의 눈으로 살피려 한다.

　출간 제안서에 딱히 정해진 양식은 없다. 한 팀장급 편집자의 고백을 옮긴다. "한동안 똑같은 형식으로 출 간 제안서가 수십 건이 들어왔어요. 예비작가들을 위한 책 쓰기 수업의 마지막 과제물인 것 같더라고요. 오히

플랫폼이 어떻든 기본은 같아요.

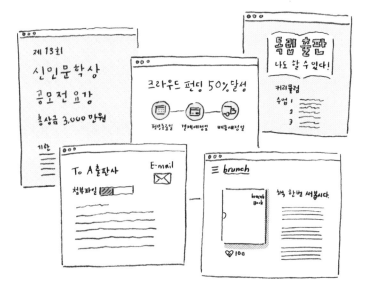

려 더 마음이 안 가게 됐어요. 그냥 정해진 규칙 없이 솔직하게, 자신이 누구고, 이 글이 어떤 글이고, 어느 정도 분량이고, 타깃 독자는 누구인지 등 편집자가 궁금해할 내용들을 써주시면 좋겠어요."

시간이 부족한 투고 담당자들을 위해 자기소개서, 원고 요약문, 목차, 샘플 원고를 넣으면 좋다. 저자 이력은 장황하게 줄줄 늘어놓을 필요 없이 원고와 관련된 사항만 적으면 충분하다. 간혹 자신이 자비로 몇 부를 구입할 수 있다고 쓰는 저자도 있는데, 몇천 부 단위가 아닌 한 출판사에는 별 의미 없는 수치라고 한다. 그보다는 자신과 책을 홍보할 수 있는 채널을 소개하는 편이 훨씬 유리하다는 게 여러 편집자들이 공통적으로 하는 얘기다.

과거에 전자책으로 출간한 적이 있는 원고라면 미리 사실을 밝혀줘야 한다. 법적인 문제가 발생할 수도 있기 때문이다. 독립출판으로 수십만 부가 팔린 원고라는 둥 터무니없는 과장을 하는 이도 있다고 한다. 독립 출판물이라도 그렇게 판매됐다면 출판계 인사들이 모를 수가 없다. 당연히 저자와 원고 전체를 의심의 눈길로 살피게 된다. 금방 들통날 거짓말은 하지 말자.

어느 정도 감정을 다스리고 비즈니스 마인드를 갖

는 것도 필요하다. 많은 예비작가들이 투고 과정에서 좌절한다. 그러면서 편집자를 원망하고, 거절당한 원고가 보기 좋게 성공해서 자신을 놓친 출판사들이 눈물 흘리며 후회하는 모습을 상상한다. 원고가 거절당하면 거절 사유를 알려달라고 요구하는 이들도 있다. 그러진 말자. 물건을 사러 가게에 들어갔다가 마음이 동하지 않아 매장을 나올 때 상점 주인이 "왜 그냥 가는지 이유를 알려달라"고 요구하는 것과 같은 상황이다. 그런 설명을 요구할 권리는 상점 주인에게도, 예비작가에게도 없다.

어찌 보면 우리 모두 투자 대상의 미래가치를 알아보는 일을 잘하지 못한다. 어느 주식이 오를지, 어느 아파트 가격이 뛸지 모른다. 으리으리한 학위와 경력을 쌓은 분석가들 수천수만 명이 코앞에 닥친 경제위기를 못 본다. 아무리 선구안이 좋은 타자라 해도 안타를 칠 확률보다 아웃될 확률이 더 높다. 그런데 출판사들은 유망한 신인 저자를 확실히 알아볼 수 있다고? 그렇다면 왜 《해리 포터와 마법사의 돌》이, 《동물농장》이, 그토록 거절을 당했겠는가? 나 자신은 지금 주변 사람들의 잠재력을 정확히 파악하고 있는가? 아닐 거다.

안 나와도 되는 책이 넘치는 서점에서

'책 한번 써봅시다'라는 말을 하고 다니면, 더구나 이렇게 투고 요령까지 설명하고 있노라면, 어떤 분들은 고개를 갸웃하며 말씀하신다. "지금 한국에서는 오히려 책이 너무 많이 나와서 문제 아닌가요? 안 나와도 괜찮은 책이 서점에 넘쳐나요." 그렇다. 심지어 그런 책들이 베스트셀러가 되고, 한번 베스트셀러 목록에 올랐기 때문에 계속 베스트셀러가 되는 악순환도 일어난다. 그러는 사이 진짜 괜찮은 책이 주목받지 못하고 잊힌다.

그런데 그렇게 악화가 양화를 몰아내는 현상은, 내 생각에는 신간이 많이 나오기 때문이 아니다. 그보다는 어떤 책이 훌륭한 책인지 발견하고 추천하고 입소문을 낼 독서 공동체가 제대로 작동하지 않기 때문이다. 베스트셀러 순위와 고전 목록, 호평 일색인 신문 서평, 그리고 이제는 정말 소수 취향이 되어버린 듯한 소위 '문단'의 평가 외에 일반 독자들이 책을 고를 때 믿고 의지할 판단 기준이 없다.

어떤 이들은 이런 농담도 한다. 한국에서 저자가 되고 싶어 하는 사람들만이라도 한 달에 한 권씩 책을 읽는다면 성인 인구 독서율이 이렇게 낮지 않을 거라고.

뼈아픈 지적이다. 내 원고를 편집자가 선택하고 독자들이 읽어주길 바란다면, 나 역시 남의 책을 발견하고 추천하는 독자의 한 사람이 돼야 하지 않을까 생각한다. 특히 내가 쓰려는 분야의 책들은 시장조사 차원에서라도 읽어야 하지 않을까? 독서 공동체라는 게 별게 아니다. 책을 성실히 읽고, 길지 않은 감상을 인터넷서점이나 소셜미디어 계정에 올리는 것만으로도 '책 추천 데이터베이스'를 쌓는 데 일조하게 된다. 지금 우리 사회에 턱없이 부족한 인프라다.

P. S.

몇 년 전까지만 해도 브런치북, 크라우드펀딩, 웹소설은 아예 존재하지도 않았다. 예비 저자와 출판사를 연결하는 수단은 점점 다양해질 것이다. 그러나 기본은 늘 마찬가지다. 먼저 원고가 좋아야 한다.

24

첫 책이 안 팔려도, 꾸준히 쓰면 '역주행 효과'

첫 책과 그 이후

자, 이렇게 해서 퇴고와 투고 요령까지 알아봤다. 그다음을 얘기해보자. '작가로 살기' 혹은 '작가로 살아남기'다. 조금 허세를 섞어서 '작가적 전략'이라고 부를 수도 있겠다.

말할 것도 없이 작가에게 최고의 전략은 작품이다. 일본의 소설가 모리 히로시는 자기 인세와 부수입을 공개한 책 《작가의 수지》에서 '신인은 좌우지간 좋은 작품을 쉴 새 없이 발표하는 수밖에 없다. 지금 발표한 작품이 다음 작품에 대한 최고의 홍보가 된다'고 썼다. 100퍼센트 동의하는 바다. 그러나 '교과서 중심으로, 국영수 위주로 공부하라'는 조언처럼 너무 당연한 말로 들리기도 한다. 좋은 작품을 쓰는 일에 비할 수는 없지만 그래도 신인 작가들이 알아두면 좋을 요령과 마음가짐을 몇 줄 보탠다.

　첫 책 출간을 앞둔 신인 작가의 마음은 그보다 더 부풀어 오를 수 없는 상태다. 드디어 작가가 되었다는 감격도 벅차고, 독자 반응도 궁금하다. 인세 계산도 해보고, '10만 부가 팔리면…… 100만 부가 팔리면……' 하는 상상도 한다.

　그런 신인 작가들 중 대부분은 조만간 실망하고 좌절하게 된다. 몇 달 뒤 상황은 높은 확률로 이러하다. 책은 민망할 정도로 팔리지 않았다. 지인들조차 책을 사주지 않은 것 같다. 독자 반응은 없거나, 있다 해도 짧고 퉁명스럽다. 인터넷서점의 판매지수를 확인하고 포털사이트 검색창에 책 이름을 넣는 일도 지쳤다. 출판사는 그의 책에 대한 관심을 접은 듯하다. 아니, 애초에 관심이 있기는 했나……?

진심으로 말리고 싶은 어떤 '지름길'

이들에게 위안이 될 만한 사실이 하나 있다. 어쨌든 첫 책을 내는 데 성공했다면 가장 힘든 구간은 이미 지났다는 것이다. 다음 책을 내는 것은 그만큼 어렵지는 않다. 한국의 독서 생태계 현실은 서글프고 기이하다. 일단 유명해지면 대충 써도 책이 팔린다. 안 유명하면 안 팔린다. 작가 지망생이 작가가 되는 게 가장 힘들다. 첫 책을 낸 신인 작가가 두 번째 책을 낼 기회를 잡는 게 그다음으로 힘들다. 이름이 알려진 작가는 설령 원고가 시시하더라도 다음 책을 낼 기회를 비교적 손쉽게 얻는다. 무지막지한 부익부 빈익빈 시장이다.

한국에서 '대형 출판사'라고 해봤자 연간 매출액이 200억 원을 조금 넘는 수준이다. 2019년 단행본 출판사 기준 매출액 1위였던 문학동네의 매출액이 300억 6100만 원이었다. 산업계의 시선으로 보면 일개 중소기업에 불과하다. 절대다수의 작은 출판사들은 영세기업이다. 그런 곳에서 1년에 수십 종씩 신제품(책)을 낸다. 그런 형편에 신인 작가의 책 한 권을 위해 출판사가 홍보나 광고를 얼마나 힘 있게 할 수 있을까.

대형 출판사에서는 대개 내부적으로 한 달에 한 권씩 중점 도서를 정해 거기에 마케팅 자원을 집중한다. 작은 출판사는 계약한 책들을 내기도 바쁘다. 어느 쪽이건 독자 반응이 없는 책, 그것도 나온 지 몇 달이 지난 책을 붙들고 있지는 않는다. 그러니 신인 작가라면 '내 책은 내가 홍보한다'는 마음을 가져야 한다. 안타깝고 화도 난다. 그런데 이것이 현실이다.

아마 첫 책을 낼 때쯤 출판사에서 "꼭 소셜미디어 활동을 하시라"는 당부를 듣게 될 거다. 언론 인터뷰를 하게 되거나 좋은 서평이 나온다면 부끄러워도 직접 알리는 수밖에 없다. 특히 책이 2쇄를 찍게 됐다면 출판계 내부 독자들을 향해 자랑하자. 출판사도 장사를 하는 기업이다. 2쇄를 찍은 작가가 다음 책을 낼 기회를 얻는 데 있어서 2쇄를 못 찍어본 작가보다 당연히 더 유리하다.

어떤 젊은 작가 지망생들은 다른 직장을 구할 시도를 하지 않고 전업 작가라는 배수진을 치려고 한다. 글 쓰는 일이 아닌 일에 보내는 시간이 아깝기도 하고 빨리 문명(文名)을 알리고 싶은 조바심에 위험하더라도 지름길로 가보자, 도박을 걸어보자는 마음이 되는 것이리라. 진심으로 말리고 싶다.

한국에서 인세 수입만으로 먹고살 수 있는 작가는 극히 드물다. 그 축복받은 소수에 당신이나 내가 들어갈 수 있다는 보장은 어디에도 없다. 생활을 하려면 이런저런 아르바이트를 하지 않을 수 없고, 그러다 보면 어쨌든 첫 책을 내는 데 성공했다면 가장 힘든 구간은 이미 지났다는 것이다.

결국 글 쓰는 일이 아닌 일에 시간을 보내기는 마찬가지가 된다.

게다가 기약 없이 좌절이 이어지는 일상은 사람의 마음에도 강한 영향을 미친다. 건강한 태도를 유지하기 어려워지는 것이다. 경제적 토대가 없다면 더 그렇다. 반면 직장 생활을 하며 내실 있게 쌓은 사회 경험은 좋은 작가가 되는 데 장기적으로 유익하면 유익하지 해롭지 않다. 먼저 '부업 작가'로 어느 단계까지 이르기를 목표로 삼자.

특히 내성적인 이들 중에 혹여 '사람 대하는 스트레스를 받기 싫어서'라는 이유로 전업 작가를 꿈꾸는 이가 있다면 뭔가 큰 착각을 하고 있는 거라고 말씀드리고 싶다. 책을 만드는 작업이야말로 협업이며, 전업 작가의 업무 역시 협상과 타협의 연속이다. 유명 작가가 조용한 집필실에서 다른 사람 방해 없이 원고에만 매달리는 모습은 영화에나 나오는 판타지다.

글 앞머리에 모리 히로시의 말을 인용했다. 그 말을 조금 변형해도 역시 훌륭한 조언이 된다. '다음에 발표할 작품이 이전 작품에 대한 홍보 도구도 된다'는 것이다. 독자들은 어느 작가의 작품이 마음에 들면 그 작가의 과거 작품도 찾아본다. 그래서 한 작가의 신작이 나올 때마다 구작의 판매량도 늘어나는 현상이 일어난다.

그러니 꾸준히 쓸 일이다. 다음, 혹은 그다음 작품이 성공해서 이전 작품들까지 조명을 받게 해줄지 모른다. 특히 문학이 아니라 비문학, 그것도 얼마간 전문성이 필요한 분야에서 책을 냈다면 비슷한 주제로 책을 두 권쯤 더 써보길 권한다. 이어지는 주제로 책을 세 권 낸 저자는 그 분야 전문가로 인정받는다. 그러면서 강연과 방송 출연 기회 등이 생긴다. 그런 기회를 제공하는 강연 수요처나 방송사들은 수천수만 명의 팔로워를 거느린 소셜미디어 스타보다 한 분야에서 책 세 권을 낸 저자를 훨씬 더 신뢰한다.

인세 10퍼센트 미만 준다는 출판사는 걸러라

어느 비문학 출판사 대표로부터, 그의 회사에서 책을 낸 저자의 인세와 강연 수입을 비교 분석해봤더니 대략 1대 3의 비율이더라는 얘기를 들은 적이 있다. 1만 4000원짜리 책을 1쇄 3000부, 2쇄 2000부를 찍었다면 저자의 인세 수입은 700만 원이다(참고로 저자 인세는 대부분 책 정가의 10퍼센트다. 공저가 아닌 단독 저서인데 인세를 정가의 10퍼센트 미만으로 주겠다는 출판사와는 계약하지 마라). 그런 경우 저자의 강연 수입은 인세의 세 배인 2100만 원꼴이고, 책으로 인한 인세와 강연 수입의 합계는 2800만 원 정도 된다는 것이었다.

이게 한 출판사 저자들의 특수한 사례인 것 같지는 않다. 비율까지는 몰라도 많은 작가들이 인세 수입보다 강연 수입이 더 높다고 고백한다. 출판 시장이 위축되고 강연 시장이 성장하면서 생긴 웃지 못할 트렌드다. 개탄스럽다고 비판할 수도 있겠지만, 저술업에 뜻을 둔 이라면 알아두기는 해야 할 시대 상황이다.

개인적으로는 생계나 경력 관리 문제에서 보다 자유로운 50대 이상이 저자로 데뷔하는 일이 많아지기를 기대하는 중이다. 나는 그런 일이 조만간 일어나리라고 믿는데, 인구구조 때문에라도 그렇다. 지난해 주민등록 인구 기준으로 60~69세 인구(631만여 명)가 20~29세 인구(681만여 명)와 비슷하다. 50대 인구(866만여 명)는 30대 인구(707만여 명)보다 훨씬 더 많다. 작가를 꿈꾸는 이가 모든 연령대에 같은 비율로 있다면 50대 이상 신인 저자가 지금보다 더 쏟아져 나와야 한다.

요즘 50, 60대가 책 한 권을 쓸 수 있는 체력이나 열정이 모자랄 거라 생각하지 않는다. 그들이 겪은 한국 현대사는 흥미진진할 것이고, 살아오면서 쌓은 경륜도 얕지 않을 것이다. 그 경험과 통찰을 책으로 나눠 주기 바라고 있다. 우리 출판계, 문학계에도 큰 도움이 될 것이다.

일본에서는 2010년대에 60, 70대 신인 소설가들이 아쿠타가와상 등 큼직한 문학상을 연달아 수상하며 등장했다. 한국에서는 2020년 〈조선일보〉 신춘문예 단편소설 부문에 역대 최고령(62세) 당선자가 나왔다. 직장에서 은퇴한 뒤 소설을 쓰기 시작했다고 하신다. 혹시 이게 신호탄 아닐까?

P. S.

책 쓰기에 대해서 제가 어렴풋이 아는 내용, 응원하고자 하는 마음을 이렇게 스물네 편의 글로 정리해보았습니다. 이 뒤로는 작가가 된다는 것, 제가 소설 소재를 어디서 찾고 글은 어떻게 쓰는지, 칼럼 쓰는 방법 등에 대한 글들이 부록으로 이어집니다.

원고를 쓰는 동안 옆에서 격려해주고 원고를 검토해준 HJ에게 감사합니다. 여보, 사랑해요. 멋진 일러스트를 그려주신 이내 작가님께도 큰 감사 말씀 드립니다. 좋은 책을 만들어주신 한겨레출판과 김준섭 팀장님, 초기 원고를 연재하는 동안 조언과 응원해주신 〈한겨레신문〉의 이지은 선배, 석진희 기자님, 모두 모두 고맙습니다.

여기까지 책 한 권 분량의 이런저런 조언을 읽으셨습니다. 하지만 무엇보다 중요한 것은 자리에 앉아 글을 쓰기 시작하는 것입니다. 한 번 더 강조하지만 책 쓰기는 쓰는 사람의 삶을 충만하게 해주고, 우리 사회를 건강하게 바꿀 수 있습니다. 진심으로 건필을 빕니다.

2020년 가을, 장강명 드림

짧으니 멋 부리지 마라

칼럼 잘 쓰는 법

'글 잘 쓰는 법을 알려달라'는 말은 '달리기 잘하는 법을 알려달라'는 말과 비슷하다. 그런 요청을 받으면 "기초체력을 키우고 하체운동을 열심히 하세요"라는 조언까지는 두루 할 수 있다. 더 자세히 알려달라는 요청을 다시 받는다면 "어떤 달리기 말씀인가요?"라고 되묻게 된다. 100미터를 달리듯 42.195킬로미터를 전력 질주 하는 것은 불가능하며, 자칫하면 몸을 크게 다친다.

글의 종류가 다양한 만큼이나 '글 잘 쓰는 법'도 다양하다는 얘기다. 그중에 나는 여기서 '칼럼 잘 쓰는 법'을 소개하려 하는데, 이유는 세 가지다.

첫째, 꽤 많은 이에게 '글 잘 쓰는 사람'은 곧 '칼럼 잘 쓰는 사람'을 의미한다. 그러니까 이 글을 읽는 독자분께서 언젠가 칼럼을 쓰게 되면, 사람들은 그 칼럼의 수준이 당신의 필력이라고 여길 가능성이 높다. 게다가 대개 칼럼을 쓰면 사진도 같이 실린다.

둘째, 그런데 칼럼 잘 쓰는 법을 가르쳐주는 곳은 거의 없다. 대부분의 작법서와 글쓰기 강좌는 보고서, 시, 에세이, 소설 쓰기에 대한 내용이다. 칼럼은 그와는 조금 다른 경기다. 때로는 시인이나 소설가조차 칼럼이라는 장르의 특성을 파악하지 못하고 헤매기도 한다.

셋째, 문필업 종사자가 아니더라도 살다 보면 칼럼을 쓸 일이 은근히 생긴다. 어느 분야의 전문가가 되거나 조직의 수장이 될수록 그 확률은 높아진다. 요즘은 매체도 많아졌다. 잘 활용하면 커리어를 관리하고 대중적 인지도를 높이는 데에도 쏠쏠히 도움이 된다.

지레 겁을 먹을 필요는 없다. 기본적인 문장력이 있다면, 요령만 익히면 그야말로 쉽고 빠르게 쓸 수 있는 글이 칼럼이다. 그 요령은 칼럼의 특성을 파악하는 데서 출발한다.

칼럼의 가장 중요한 특성은, 무척 짧다는 점이다. 보통 800~2600자 안팎이다. 참고로 이 글 첫 문단에서 바로 이 문장까지 이미 800자를 넘었다. 그리고 이 글

전체 길이가 약 2600자다. 분량 제한이 없는 인터넷 매체도 있지만, 어차피 독자들의 인내력이 그 정도다.

짧기 때문에 주제가 한정된다. 대학 두 곳에서 학생들을 가르쳤을 때, 글솜씨가 뛰어나고 성실한 학생들이 오히려 칼럼 쓰기 과제에서 쩔쩔매는 모습을 봤다. 어깨에 힘이 너무 들어갔기 때문이다. 거대한 주제에 대해 할 말이 많다면 단행본을 써야 한다. 2600자에 총론을 욱여넣을 순 없다. 그 테마와 관련한 작은 일화, 각론, 생각의 편린만 가능하다.

짧기 때문에 지나치게 화려한 멋 부리기는 어울리지 않는다. 한두 번 맛깔스러운 문장을 넣을 수 있다면 그걸로 족하다. 짧기 때문에 방대한 근거자료를 제시하며 치밀하게 논리를 전개할 수도 없다. "이런 거 아냐?"라고 생각을 툭 던지는 자리라고 여겨야 한다. 필요하다면 육하원칙도 포기할 수 있다.

칼럼의 두 번째 특성은, 그 지면이 당신 입장을 발표하는 공간이 아니라는 점이다. 이 특성을 모르는 필자들이 '공적인 매체에 싣는 글'이라는 부담감 때문에 흔히 다음과 같이 쓴다. '요즘 어떤 이슈가 화제다. A라는 주장도 있고 B라는 주장도 있다. A와 B는 각각 일리가 있다. 그러나 역시 A 아니겠는가!' 딴에는 균형감각을 보여주려다 오히려 더 맥이 빠지게 됐다. 차라리 '무조건 A다, B는 헛소리다'는 내용이 글로서는 더 힘이 있다.

당신이 대선주자가 아닌 한 모든 이슈에 의견을 내야 할 의무도 없고, 그런 의견을 다른 사람들이 궁금해하지도 않는다. 사람들이 눈길을 주는 것은 신선한 관점이다. 이미 화제가 된 이슈에 대해 쓴다면 A 또는 B를 뒷받침하는 새로운 근거를 제시하거나, A도 B도 아닌 C라는 다른 의견을 내야 한다.

조금 과장하자면 '진부한 정답'보다 '턱도 없지만 참신한 딴죽 걸기'가 더 환영받는다. 처음부터 논쟁적인 주제를 택한다면 그만큼 글이 저절로 흥미로워진다는 의미이기도 하다. 대담하고 뻔뻔하게 생각을 늘어놓은 뒤 "~라면 지나친 비약일까"라든가 "오죽하면 이런 말까지 하겠는가"라고 슬쩍 발을 빼는 수법도 있다. 아니면 지금 이 문단에서 내가 했듯이 "조금 과장하자면"이라고 미리 약을 치는 것도 좋다.

칼럼의 세 번째 특성은, 에세이와 사설 사이에 애매하게 걸쳐 있다는 점이다. 칼럼은 사적인 글이기도 하고 공적인 글이기도 하며, 주관적이기도 하고 객관적이기도 하다. 결론이 '이런 날이면 막걸리가 먹고 싶다'라면 칼럼으로서 뭔가 이상한데, 그렇다고 '보다 적극적인 정부 대응이 필요하다'고 끝나는 쪽도 썩 적절해 보이진 않는다.

모두의 문제를, 개인적인 소재를 활용해, 친근한 형식으로 풀어나가는 전략이 가장 좋다. 비유하자면 이런저런 불특정 다수가 섞인 저녁 집회에서 잠시 마이크를 받아 3분 스피치를 할 기회를 얻은 셈이다. "독일의 사회철학자 테오도르 아도르노에 따르면……"이라고 연설을 시작할 것인가? 아니면 "여러분 다들 추우시죠! 제가 어제……"라고 입을 떼는 편이 더 나을까?

몇 가지 요령을 적어봤는데, 뭐니 뭐니 해도 좋은 칼럼을 많이 읽고 실제로 써보는 게 최고다. 책을 한 권 추천한다면 조지 오웰의 에세이집 《나는 왜 쓰는가》를 권하겠다. 특급 칼럼니스트인 오웰이 거대하고 첨예한 이슈들을 웃기고 신나게 요리한다.

부록2 | 이야기의 씨앗

소설 소재를 어디에서 찾는가

소설 소재를 어디에서 찾느냐, 소설을 처음에 어떻게 쓰기 시작하느냐는 질문을 종종 받는다. 다양한 소재로 잽싸게 책을 내다 보니, 또 시류에 맞는 소재를 발굴한다는 인상을 주다 보니 그런 질문을 받는 것 같다.

답을 하자면, 어떤 이야깃거리들은 처음부터 마음에 커다란 덩어리로 들어앉아 있었다. 데뷔작이었던 《표백》은 '의미 있는 일을 할 수 없는 시대인 것 같다'며 자살을 결심하는 젊음에 대한 소설인데, 이것도 그런 이야깃거리 중 하나였다. 손질하고 싶은 부분이 한두 곳이 아니지만, 거꾸로 생각해보면 너무나 하고 싶은 이야기였기 때문에 미숙한 글솜씨에도 불구하고 원고지 1000매 분량을 끝까지 써낼 수 있지 않았나 싶다. 《표백》의 주제에 나는 오래도록 사로잡혀 있었다. 그 소설을 쓰고 난 뒤로도 한동안 그랬다.

실은 《표백》 전에 썼던 습작이 있었다. 신문사가 배경인 소설이었는데, 다 쓰고 보니 도저히 눈 뜨고 봐줄 수가 없는 졸작이어서 아내를 제외하고는 아무에게도 보여주지 않았다(아내로부터는 무지하게 잔인한 혹평을 받았다……). 첫 시도는 보기 좋게 실패했지만 언젠가는 한국 언론과 기자들의 이야기를 꼭 쓰고 싶다. 북한 이야기, 한국 정치에 대한 이야기도 반드시 소설로 풀어내고야 만다고 다짐하는 주제이다.

그런데 늘 이렇게 거대한 주제와 소재들로만 소설을 시작하는 건 아니다. 그보다는 오히려 작은 이야깃거리들이 풀꽃 씨앗처럼 바람에 떠다니다가 내 머리 위에 떨어지고, 거기서 얼마간 시간을 보내다, 어느 순간 물 몇 방울을 맞고 갑자기 싹을 틔우는 때가 많다.

예를 들어 《그믐, 또는 당신이 세계를 기억하는 방식》이라는 소설을 쓰게 된 계기가 그렇다. 어느 날 아내가 고등학교 동창들을 만나 놀다 왔는데, 그 자리에서 A라는 친구에게 B가 "네가 옛날에 C를 왕따시켰던 거 기억나?"라고 물었다고 한다. 그런데 A는 자기는 그런

적이 없다면서 정말 놀라더란다. 그 에피소드를 나는 무척 인상적으로 들었고, 그 앞뒤로 사연을 만들 수 있을 것 같았다. 그래서 살을 붙이다가 《그믐…》에 이르게 되었다.

지금도 내 두피에 이야기 씨앗이 적어도 두 알은 앉아 있다.

얼마 전 공연을 보러 혼자 광나루역 근처에 갔다. 낯선 동네고, 내 방향감각이 썩 좋은 편도 아니라서, 공연장에서 나와 집으로 돌아오다가 지하철역을 못 찾아 밤길을 한참 헤맸다. 평범한 동네 술집, 밥집이 늘어선 골목을 걷는데, 스무 살이나 되었을까 싶은 젊은 남자가 길에 서서 통화를 하는 장면을 보았다. 어쩌다 보니 통화 내용도 듣게 됐다.

"그래, 수경아, 아빠가 월요일에 꼭 데리러 갈게. 그때까지 잘 지내야 돼. 좋은 꿈 꾸고."

손가락으로 살짝 찌르면 바로 울음을 터뜨릴 것만 같은 표정과 목소리였다. '꼭'이라는 말을 할 때 그 목소리가 어찌나 절실하던지. 무슨 사연일까? 어떻게 해서 저렇게 어린 나이에 딸을 갖게 되었고, 왜 그 딸과 떨어져 주말을 보내야 하고, 어쩌다 밤늦게 술을 마시다가 밖으로 뛰쳐나와 저토록 간절한 전화 통화를 하게 된

걸까? 어린 딸 옆에는 지금 누가 있는 걸까?

며칠 전에는 한 출판사와 작은 프로젝트를 마치면서 담당 편집자에게 업무 메일을 보냈다. 그이가 성심성의껏 일을 해줬고 일솜씨도 무척 뛰어나서, 그런 점에 대해 감탄했다고 썼다. 그랬더니 그때까지 일견 무뚝뚝하게 보였던 상대가 감사하다며 답장을 보내왔다. 자신이 블로그에 비공개로 만든 '칭찬 폴더'에 내 메일을 붙여넣었다고. 프로페셔널한 모습만 보여줬던 중견 편집자가 실은 인터넷에 비밀 공간을 마련해, 자기가 칭찬받았던 일들을 따로 정리해놓았다는 사실에 은근히 웃음이 났다. 내가 보낸 메일 내용으로 보나 그이의 경력으로 보나, 그게 이직용 포트폴리오 따위는 아닐 것이었다. 아마도 힘든 일이 있을 때마다 혼자 들여다보고 용기를 얻는 용도 아닐까? 그 폴더를 볼 때 그이는 어떤 표정일까? 안에는 어떤 내용들이 담겼을까?

이 두 씨앗이 언제 어떻게 싹을 틔울지는 나도 잘 모르겠다. 내 머리에서는 끝내 적당한 기회를 못 얻어 말라버리거나, 아니면 다시 바람에 실려 날아가 다른 이에게 전해질지도 모르겠다. 바로 이 짧은 글이 그런 한 줄기 바람일 수도 있겠다는 생각도 든다.

아무것도 없는 데서 어떻게

나는 어떻게 쓰는가

'글을 어떻게 쓰느냐'는 질문을 받을 때마다 몹시 난감하다. 자신이 어떻게 쓰는지 정확히 아는 작가가 세상에 과연 있을까?

아는 부분에서부터 시작해보자.

우선 나는 랩톱 컴퓨터로 쓴다. 열아홉 살에 대학에 입학하면서 486 컴퓨터를 선물 받은 뒤로 계속 워드프로세서로 글을 쓰고 있다.

이전까지 고등학교에서는 학생들에게 작문 과제 때 붉은색 격자가 있는 원고지를 사용하도록 지시했다. 아직도 몇몇 원로 작가들은 그런 원고지를 고집하는 걸로 안다. 내 생각에 그런 원고지에 글을 쓰는 일은 일본식

다도와 닮은 데가 있다. 그렇게 글을 쓰면 정신이 흐트러지지 않게 노력하면서 단어를 신중하게 고르게 된다. 머릿속으로 먼저 문장의 형태를 그린 뒤 세상에 불러내게 된다.

나는 그런 품격과 정갈함보다는 워드프로세서의 자유와 속도감이 더 좋다. 글이 막히면 오래 고민하지 않고 아무 문장이나 적어본 뒤 지우고 다시 다른 문장을 시도하면서 언덕을 넘는다. 문단 배치를 바꿔가며 이야기의 호흡과 효과를 전과 비교하고 개선한다. 플롯에 더 관심을 기울일 수 있게 되고, 시인이라기보다는 건축가와 같은 관점으로 글을 바라보게 된다.

워드프로세서의 그런 기술적 특성과 그로 인해 생기는 작업 방식은 내가 소설을 대하는 태도나 추구하는 이야기에 잘 들어맞는다. 나는 바지 뒷주머니에 들어가는 수첩과 조금 더 큰 공책도 종종 활용하지만, 그보다는 워드프로세싱을 더 선호한다. 여행을 갈 때에도 가능하면 스마트폰에 연결할 수 있는 블루투스 무선 키보드를 가져가려 한다. 도서관에서 글을 써야 할 때를 위해 실리콘 재질의 USB 키보드도 마련했다. 둘둘 말아서 가지고 다닐 수 있고, 자판을 두드려도 소리가 나지 않는다.

머릿속에 아이디어가 있건 없건, 몸 상태가 어떻건 간에 매일 꾸준하게, 직업인처럼 쓰려고 한다. 소설을 쓰는 시간과 청소를 하는 시간 등을 합쳐서 '근무시간'을 정해놨는데, 그 시간을 매일 스톱워치로 재서 엑셀 파일에 기록한다. 1년에 2200시간 이상 근무하는 것이 목표다. 지난해에도, 재작년에도 모두 그 목표를 달성했고, 올해도 차질은 없을 것 같다.

　　왜 2200시간이냐 하면, 한국 근로자의 연간 평균 근로시간이 2100시간 남짓이기 때문이다. 거기에는 출퇴근 시간이 포함되어 있지 않다. 그렇다면 나는 1년에 최소한 2200시간 정도는 일해야 하는 것 아닐까 생각했다. 내 책을 사주는 독자에 대한 내 나름의 예의이기도 하고, 그런 숫자를 정해놓지 않으면 마냥 게을러지지 않을까 하는 두려움도 있었다. 한편으로는 그렇게 해야 '생활인으로서의 감각'을 그나마 놓치지 않을 수 있을 것 같았다.

　　어느 인터뷰에서 이 이야기를 했더니 화제가 되었고, 이후에는 인터뷰를 할 때마다 기자들이 '2200시간'에 대해 묻는다. 나는 솔직히 다른 사람들이 놀란다는 사실에 놀랐다. "1년에 2200시간씩 글을 쓰는 건 상당히 힘든 일 아니냐"고 묻는 기자들에게는 이렇게 반문

한다. "기자님이 일하는 시간도 1년에 3000시간 넘지 않나요?" 그러면 그제야 인터뷰어가 자신이 일하는 시간을 따져본다. 그리고 2200시간이라는 시간이 그리 많은 양이 아님을 깨닫는다. 나는 기자 시절에 일주일에 평균 70~80시간씩 일했다. 연간으로 치면 3500시간 이상이다. 1년에 2200시간은 휴가나 다름없다. 하루 평균 6시간씩 글을 쓰거나 청소를 하고, 12월 31일에 다른 날보다 10분 더 일하면 된다. 재택근무에, 상사도 없고, 일정 조정도 자유롭다. 내키면 아무 때나 낮잠을 자거나 휴가를 낼 수도 있다.

그 시간 내내 맹렬하게 글을 쓰는 것도 아니다. 사실 '근무시간' 동안 내가 주로 하는 일은 그냥 멍하니 노트북 화면을 쳐다보거나, 창밖에 흘러가는 구름을 바라보거나, 방 안을 돌아다니며 머리카락을 줍거나 하는 일이다. 실제로 키보드에 손가락을 대고 한 글자라도 끼적이는 순간은 근무시간 전체의 절반도 되지 않는다.

'영감이 떠오르지 않으면 어떻게 하느냐'는 질문도 받는데, 나도 영감의 존재를 믿기는 한다. 그런데 영감을 불러일으키려면 먼저 작업에 몰두해야 한다고 본다. 당장 결과가 나오지 않아도 뇌에 일정 시간 이상 압박을 줘야 밥을 먹거나 잠을 자거나 목욕을 할 때 비로소 뒤늦게 답을 얻게 되는 것이다. 이에 대해서는 몇 줄 뒤에 다시 적도록 하겠다.

소설 구상의 초기 단계에는 내가 상향식과 하향식이라고 부르는 방식을 사용한다.

상향식 쓰기는 흥미로워 보이는 작은 조각에 계속 살을 붙이는 형태다. 그 작은 부분은 이야기의 트릭이나 반전 요소인 경우도 있고, SF적인 사고실험일 수도 있고, 어떤 두 인물이 대치하는 구도가 될 수도 있다. 꿈에서 본 한 장면의 앞부분을 상상하며 소설을 쓴 적도 있다. 작품을 쓰는 과정이나 퇴고 과정에서 그 처음의 단초가 빠지게 되기도 한다.

하향식은 주제나 소재를 정해놓고, 인물과 사건, 줄거리를 그에 맞춰 배열하는 것이다. 작위적인 느낌이 남는다는 게 단점이지만 글을 빨리 쓸 수 있고 소설의 모든 부분이 핵심과 논리적인 연관성이 있기 때문에 전체적으로 긴장감이 있다. 대개는 이 상향식과 하향식 중 어느 한 방식만 고집한다기보다는 두 가지를 조합해서 쓰게 된다.

그렇게 먼저 뼈대를 대강 구상해놓은 다음 인터넷으로 관련 정보를 검색하고, 쓰려는 이야기의 세부사항을 들려줄 수 있는 사람을 찾아가 인터뷰를 한다. 그 반대로 하지는 않는다. 왜냐하면 자료조사라는 핑계로 실제로 글은 쓰지 않으면서 에너지와 시간만 허비할 가능성이 너무 크기 때문이다.

반면에 취재를 나중에 하면 글감을 어느 단계까지 구상해놓은 다음 꼭 필요한 세부사항을 채우지 못해 마무리를 짓지 못하는 경우가 생긴다. 실제로 그런 원고들이 있고, 아깝긴 하다. 하지만 몇 번을 생각해봐도 이야기의 뼈대를 먼저 잡고 취재는 그다음에 하는 방식이 옳은 것 같다.

내 소설은 대체로 기승전결이 뚜렷하고, 글을 쓸 때에도 순서대로 이야기를 풀어가는 편이다. 그런 스타일 때문인지 절정 부분을 앞두고 어려움을 느끼곤 한다.

발단이나 전개 과정에서는 흥미로운 설정이나 아이디어를 발전시키면 되기 때문에 어느 정도는 '어떻게 되나 보자' 하고 비교적 가벼운 마음으로 풀어나갈 수 있는 측면이 있다. 또 결말에서는 내부 논리에 따라 인물과 사건들을 수습하다 보면 이야기가 반쯤은 자동적으로 정리되는 면이 있다.

반면 절정에서는 고민해야 할 점들이 많아진다. 폭탄을 하나 터뜨려야 하는데, 그게 앞에서 발전시킨 이야기나 인물과 자연스럽게 어울려야 하고, 소설 전체의 중심을 잡아줄 만한 폭발력이나 무게감도 있어야 한다.

분량이 긴 소설을 쓸 때 더 그런 고민이 심해진다. 아무래도 글이 길어지다 보면 주연급 인물이 둘 이상 나오게 된다. 그들 각자에게 걸맞은 절정과 결말을 줘야 한다는 게 스토리텔러로서 나의 지론인데, 그게 썩 쉽지만은 않다. 그 절정들끼리도 서로 상호작용을 해야 하고 배치도 적당해야 한다.

여기까지 읽은 독자들은 '뭐야, 이 사람은? 예술가라기보다는 마치 기술자 같은 태도로군'이라고 여기실지도 모르겠다. 실제로 그 말은 어느 정도 맞는다. 나는 뼛속까지 엔지니어 기질이 있어서, 내가 하는 작업을 분석하고 공정을 개선하는 데 관심이 크고 이런저런 실험도 자주 벌인다. 창작의 고통과 신비를 과장하는 작가들을 나는 별로 좋아하지 않는다. 내심 그들 중 상당수는 자기 자신을 실제 이상으로 포장하기 위해 허세를 부리는 것일 뿐이라 여긴다.

그럼에도 불구하고 여기에는 분명 어떤 미스터리가 있다.

'흥미로워 보이는 작은 조각'이라고? 대체 그 조각

은 어디서 오는 것이며, 그게 왜 내게 흥미로워 보이는 건가?

'주제와 인물, 사건, 줄거리를 잇는 논리적 연관성'에서 논리란 정확히 무엇을 의미하는 걸까? 그토록 명쾌하게 이름 붙일 수 있는 관계라면 그걸 왜 공식처럼 추출해서 반복하고 재생산할 수 없는가?

나는 그걸 그 이상 구체적으로 설명할 수 없다. 결국, 그 조각이며 뼈대며 연관성이며 하는 말들이 궁극적인 질문—'무(無)에서 도대체 어떻게 소설이 나오는가'—에 제대로 된 답을 주지는 못한다.

내가 기껏 할 수 있는 말은 이 정도다. 글을 쓰는 전 과정에 걸쳐 나 자신도 어떻게 된 건지 영문을 알 수 없는 도약이 여러 차례 일어난다고. '다음 소설은 어떤 내용으로 할까? 이 위기를 어떻게 풀까? 다음 문장은 어떻게 쓸까?'라는 생각에 파묻혀 있다가 정신을 차려보면 소설의 일부가 눈앞에 있고, 나는 어리둥절해진다. '분명히 내 몸을 거쳐 나온 물건이긴 한데⋯⋯' 이런 느낌이다. 나는 상당 부분 소설을 만들어낸다기보다는 차라리 발견한다. 벌집을 본 꿀벌이나, 개미집을 본 일개미가 그와 같은 기분이지 않을까?

벌집을 만드는 것은 꿀벌 개체의 개별 의지라기보

다는 그 종의 유전정보다. 더 깊이 들어가면, 벌집이 그런 모양이 되는 것은 벌이라는 종의 생물학적 특성보다는 오히려 수학과 관련이 있다. 우리 우주에서는 뭔가를 겹쳐서 쌓아 올릴 때 육각형 구조가 가장 경제적이고 안정적이기 때문이다.

나는 내가 소설을 쓰는 작업의 배후에도 그런 거대한 힘과 원리들이 있지 않을까 상상한다.

일단 내가 속한 문화에서 물려받은 유전정보가 있을 것 같다. 글을 쓰는 동안 단행본이라는 틀, 산문문학의 전통, 20세기 들어서 소설에 영향을 준 영화편집 기술 같은 것들의 힘을 희미하게 감지한다. 종이책의 폭이라는 물리적 요소가 문단 길이의 범위를 어느 정도 정한다. 우리 문화는 지나치게 여백이 많은 지면도, 과도하게 빽빽한 지면도 기피한다. 현대 대중소설에서 갑작스러운 장면전환을 통해 속도감을 내는 기법은 분명히 MTV 시대의 소산이다. 그런 최신 문법을 알지 못하는 과거의 소설가나 독자들이 요즘 스릴러를 읽는다면 독해가 쉽지 않을 것이다.

더 멀리에는 더 크고 더 비인간적인 힘과 원리가 있지 않을까? 우주의 어떤 정보들에는 근본적으로 자기조직화하려는 경향이 있어서, 관련성이 있는 인접 정보들과 결합해 점점 복잡한 의미가 되어가며, 마침내는 웅대한 테마로 자연스럽게 진화하는 것 아닐까? 작가들은 다만 그 과정을 남들보다 빨리 알아차리는 사람일 뿐인 것 아닐까? 바다를 헤엄치는 그런 수많은 의미 중에, 사람을 즐겁게 하는 기승전결 형태의 의미를 건져 올리는 잠수부 같은 직업인 것 아닐까?

어떤 때에는 이 모든 상상이 그저 헛소리이고, 허무를 의미 있는 무언가처럼 보이게 하는 주체는 다름 아닌 나 자신이라는 자신감에 도취된다. 이에 따르면 내가 쓴 글도 따지고 보면 결국 아무것도 아닌 허상이다. 그래서 나를 취하게 하는 자신감에도 숙취처럼 공허함이 따라붙는다.

어떤 때에는 의미의 세계가 실재하고, 내가 소설을 쓸 때 잠시나마 그 세계에 들어가 무언가를 건져 올리는 듯한 느낌을 맛본다. 나의 존재는 쪼그라든다. 거창하게 말하자면 다른 세계의 의미를 우리 세계에 전하는 영매(靈媒) 같은 역할을 한다고 표현할 수도 있겠고, 솔직히 말하면 내가 다른 세계의 타자기나 프린터가 되는 기분이다. 그 경우에는 '나는 어떻게 쓰는가'라는 질문 자체가 성립하지 않는다. 내가 소설을 쓰는 게 아니라, 소설이 그냥 스스로를 쓰고 있는 듯하다.

에릭 블레어의 고립
내 글쓰기의 스승

조지 오웰에 대한 이야기로 시작해볼까 한다. 오웰이 내게 글쓰기를 가르쳐줬다는 이야기는 아니다. 무척 존경하는 작가이고 나의 롤모델 중 한 명이기는 하지만.

이제부터 1800자 정도는 오웰에 대한, 근거 박약한 나의 가설이다. 조지 오웰이 아직 조지 오웰이라는 필명을 쓰기 전, 아주 한참 전, 소년 에릭 아서 블레어이던 때의 이야기다.

아마도 에릭 블레어는 어려서부터 꽤 재치 있고, 자유를 사랑하고, 위선과 억압을 증오하는 소년이었을 것이다. 그런 기질 자체는 유전으로 물려받았을 것이다. 명민했다는 데에는 의심의 여지가 없다. 가난한 집안 출신인데도 이튼에 왕립장학생으로 입학할 정도였으니까. 당시도 그랬고 지금도 그렇고 이튼은 부유한 상류층 자제를 위한 귀족 고등학교다.

하지만 그런 정도의 총명함이나 독립심으로는 조지 오웰이 되지 못한다. 오웰은 위대한 작가다. 그는 1940년대에 이미 정보통신기술이 초래할 수 있는 어떤 가능성을 날카롭게 포착해서 세상에 실감 나게 보여줬다. 《1984》가 출간된 지 60년이 넘게 지났는데 아직도 우리는 어떤 기술이 빅브라더가 될 수 있다는 말을 들으면 본능적으로 경계한다.

그가 《동물농장》을 썼을 때 영국의 동료 좌파 지식인들은 대부분 소련에 대해 막연한 환상을 품고 있었다. 오웰은 스탈린주의와 나치즘이나 똑같은 전체주의라고 예리하게 꿰뚫어봤고, 그런 주장으로 지식인 사회에서 따돌림을 당하는 것도 두려워하지 않았다. 이미 《동물농장》을 쓰기 몇 년 전 목숨을 걸고 스페인내전에 참전했던 그였다. 스페인내전 전에는 미얀마에서 식민지 경찰로 일하는 데 회의를 느끼고 유럽으로 돌아와, 접시 닦이부터 노숙자까지 그야말로 밑바닥 신세를 마다 않았던 사람이었다.

당시도 그랬고 지금도 그렇고 이튼은 엄청나게 보

수적인 학교다. 얼마나 보수적이냐 하면, 아직도 여학생을 받지 않을 정도다. 아직도 검은색 연미복을 교복으로 고집한다. 세종대왕이 조선을 다스릴 때 설립된 기숙학교다. 지금은 그렇지 않지만 오웰이 있었을 당시 이튼은 제국주의 엘리트 관료 양성소였다. 말하자면 이후 조지 오웰이 평생에 걸쳐 맞설 모든 것들이 다 모여 있는 장소였다.

역설적이게도 에릭 블레어를 조지 오웰로 만든 곳은 바로 그 근엄하고 계급차별적이었던 이튼이었을 거라고 나는 추측한다. 왕립장학생으로 입학한 에릭은 졸업할 무렵에는 성적이 꼴찌에 가까웠다. 교사들과는 대놓고 서로 적대적인 관계였다.

10대 소년 에릭 블레어는 아마 이튼 생활 초기에 꽤나 고민이 많았을 거다. 선생님과 귀족 출신 급우들을 보면서 아마 이렇게 생각했을 거다. '여긴 뭔가 심각하게 부조리하다. 내가 배우는 내용은 아무래도 틀린 것 같다. 이건 아니지 않나? 나만 이상한가?'

요즘 우리들은 그런 의문이 들 때 인터넷에 물어본다. 이 글을 쓰는 지금 네이버에서 '나만 이상한가'로 검색해보니 블로그 포스트가 58만 2389건 나온다. 인간이 사회적동물이라 그렇다. 뭔가가 내 눈에 이상해 보이면 제일 먼저 하는 일이, 다른 사람 눈에도 그런지 확인하는 거다. 그래서 동의하는 사람이 나오면 그제야 안심하고 목소리를 높이게 된다.

에릭 블레어에게는 네이버가 없었다. 그는 기숙학교에 고립되어 있었다. 아마 세상 전체와 불화하는 기분이었을 것이다. 그러다 어느 시점에 결론을 내렸을 것이다. '내 주변 세상이 틀렸고, 내가 혼자 옳은 것 같다'고. 초(超)연결시대인 현대에는 개인이 이런 깨달음에 이르기도, 이런 단단함을 이루기도, 거의 불가능에 가깝다. 어지간한 소수의견이라 해도 클릭 몇 번으로 동지를 찾을 수 있다. 정신적 고립은 플로피디스켓과 함께 사라져버리고 말았다.

오웰은 그런 경지에 일찌감치 올랐기에 이후에 안정된 직업이었던 경찰 간부를 그만두고 빈민가로 가거나, 어렵게 얻은 문명(文名)을 뒤로하고 전쟁터로 향하거나, 홀로 스탈린을 비판하는 등의 결단을 내릴 수 있지 않았을까. 어떤 현상에 대해 '나만 이렇게 생각하나'라는 의심이 들어도 약해지지 않고 속으로 생각을 끈질기게 이어갈 수 있는 내공이 있었기에 《1984》를 쓸 수 있었던 것 아닐까.

이제부터 남은 800자 정도는 내 얘기다. 가설은

아니고 경험이다. 이렇게 말하기 남우세스럽긴 하지만…… 내게도 미약하게나마 에릭 블레어 소년 같은 시기가 있었다.

1980년대에서 1990년대 초반까지 한국의 학교교육에는 군사문화와 집단주의가 많이 배어 있었다. 당연히 부조리가 많았고, 내 주변에 그에 대해 제대로 설명해주는 사람이 없었다. 한민족이 그렇게 우수한 정기를 갖고 있다면 왜 한국은 중진국 신세인가? 우리도 교련 수업이 있는데 그게 북한이 청소년에게 강요한다는 군사교육과 무엇이 다른가? 공(公)을 위하여 사(私)를 멸(滅)하기까지 해야 하는가? 그런 질문 자체가 금지되었다.

그때 인터넷이 있었더라면, 그래서 나와 비슷한 생각을 하는 사람을 찾아 의견을 교환할 수 있었더라면 마음이 그렇게 답답하지는 않았을 거다. 하지만 '온 세상과 불화하는 기분'은 결코 맛보지 못했으리라. '주변 어른들이 틀렸고 내가 혼자 옳다'는 두렵고도 강렬한 인식에도 이르지 못했으리라.

마침내 내 글쓰기의 스승을 고백할 단계가 되었다. 고립? 불화? 아니, 독선(獨善)이다. 사회적동물들이 거의 악덕으로 간주하는 그것. 그 스승 탓에 나는 교만과

아집에서 헤어 나오지 못하고, 종종 무지막지한 실수를 저지른다.

그러나 독선이 없었더라면 글을 쓰게 되지도 않았을 것이다. 글을 쓰더라도 무엇에 대해 써야 할지 알 수 없었을 것이다. 금세 무너져버렸을 것이다. 쉽게 세상과 화해했을 것이다. 세상과 끝내 화해하지 못하는 자들만이 글 따위에 매달리게 된다.

이 점을 깨닫게 된 뒤로는 예전처럼 자기혐오에 자주 휩싸이지 않는다. 고교 시절에 대해서도 이제는 도리어 감사하게 여긴다.

사실, 작가는 모두 독선가들이라고 나는 생각한다. 조지 오웰도 독선가였다. 그의 글을 읽으면 알 수 있다.

60, 70대 신인 소설가

열정과 경륜 갖춘 예비작가들이 올 것

4선 의원을 지낸 신기남 전 의원이 얼마 전 《두브로브니크에서 만난 사람》이라는 제목의 첫 소설을 냈다. '신영'이라는 필명을 썼다. 정치를 그만두고 소설가로서 제2의 인생을 살겠다고 한다. 해군 장교로 복무한 경험을 바탕으로 한 두 번째 작품 원고도 마쳤고, 세 번째 소설도 구상 중이라고 한다.

출간 기자간담회에서 "어렸을 때부터 문학이 꿈이었다, 40년 만에 꿈을 이뤘다"고 말하는 그의 얼굴이 밝아 보였다. 신 전 의원은 1952년생이다.

2017년에는 송호근 포스텍 인문사회학부 석좌교수가 첫 소설 《강화도》를 발표했다. 당시에는 서울대 사회학과 교수였다. 《강화도》는 강화도조약을 체결한 무신이자 외교관 신헌의 삶을 다뤘다. 이 책은 출판인들과 영화인들이 만나는 부산국제영화제의 '북투필름' 행사에서 소개돼 영화 제작자들의 관심을 받기도 했다.

송 교수는 이 소설을 내고서 "40년 동안 가슴에 담아온 문학에 대한 꿈을 이뤘다"며 뿌듯해했다. 지난해에는 두 번째 장편소설 《다시, 빛 속으로-김사량을 찾아서》를 출간했다. 송 교수는 1956년생이다.

이것이 일종의 신호탄이 아닐까 조심스레 추측해본다. 앞에서도 언급했지만 2010년대 일본 문학계에서는 60, 70대 신인 소설가들이 연달아 문학상을 수상하며 등장했다. 일본에서 벌어진 일들은 상당수가 10~15년 뒤 한국에서도 일어나지 않는가. 그 말은 곧 한국에서도 60, 70대 신인 소설가들이 우르르 나온다는 얘기 아닐까.

2012년 군조신인문학상 우수상을 받은 후지사키 가즈오는 1938년생이다. 그는 학습지 편집장과 영어 강사로 일하다 65세부터 소설을 썼다. 역시 2012년에는 당시 61세였던 기리에 아사코가 쇼가쿠칸문고 소설상을 받으며 작가로 데뷔했다. 2013년에는 75세의 구로다 나쓰코가 《ab산호》로 일본 최고 권위의 신인문학상인 아쿠타가와상을 수상했다. 2018년에도 평범한 주부였던 1954년생 와카타케 치사코가 아쿠타가와상을 받았다. 그녀는 55세에 남편과 사별한 뒤 소설을 쓰기 시작했다.

앞에서도 썼지만 한국에서 60대 신인 작가군의 출현을 상상하는 가장 큰 근거는 인구구조에 있다.

2020년 기준으로 만 60세인 사람(91만여 명)이 만 30세인 사람(64만여 명)보다 25만 명 이상 더 많다. 집필에 전념할 시간적, 경제적 여유를 갖춘 이도 청년세대보다 베이비붐세대에 더 많을 것이다.

어쩌면 문학에 대한 열정도 60대가 20대보다 더 강할지 모른다. 아이돌그룹도 유튜버도 없던 시절, 지금보다 더 많은 젊은이들이 문학을 말하고 꿈꿨다. 글쓰기에 엄청난 체력이 드는 것도 아니다. 그보다는 인생경험과 독서량이 절대적으로 중요하다. 그래서 음악, 수학, 바둑과 달리 소설에서는 성인 전문가를 압도하는 소년 천재가 없다.

늦깎이 소설가들이 몰려온다면 대환영할 일이다. 우선 문자가 되지 못한 이야기들이 그 세대의 기억에 쌓여 있을 거라고 믿는다. 기록하지 못한 사건, 말할 수 없었던 사연이 넘쳐날 터다. 꼭 한국 현대사 얘기가 아니더라도 좋다. 경륜과 통찰이 담긴 서사가 그렇게 찾아온다면 경박단소 경향이 심해지는 한국소설계에 새로운 에너지가 될 수 있으리라. 한 세대 가까이 '젊은 감각'을 쫓다 한국문학이 놓친 바도 적지 않다.

아쉽게도 글을 훈련하고 발표할 기회와 공간이 부족하다. 출판 환경도 나이 많은 저자에게 썩 우호적이지 않다. 공모전 위주로 신인을 발탁하는 한국문학 풍토를 고쳐야 하고, 예비작가들이 스스로 돌파해야 할 지점도 있다.

다만 몇 가지 우회로는 쉽게 만들 수 있지 않을까 한다. 어느 나이 이상을 대상으로 하는 신인문학상이나 좀 더 원숙한 분위기의 웹소설 플랫폼, 전문 매체, 글쓰기 강좌 등이다. 일본에서는 110년 역사의 대형 출판사인 고단샤가 60세 이상을 대상으로 하는 미스터리문학상을 만들었다.

공익적 가치가 충분하고 큰돈이 들 것 같지도 않은데 국가 예산으로 그런 사업을 지원하면 좋겠다. 긴 글을 읽고 쓰는 사람이 늘어나면 사회가 발전한다. 이해와 성찰의 총량이 그만큼 증가한다는 뜻이므로. 반대로 사람들이 한 줄짜리 댓글에 몰두하는 사회는 얕고 비참하다.

설사 정부의 지원이 없더라도 옛 문청들께 글쓰기를 꼭 권하고 싶다. 다음과 같은 이유에서다.

"이제는 남을 위한 삶이 아닌, 내 삶을 살아야겠다고 결심했다. 행복하게 글을 썼다." (신기남 소설가)

"소설을 쓸 때 나만이 느끼는 희열 같은 게 있다. 사실 소설 쓸 때가 제일 행복하다." (송호근 소설가)

아름답고 잔인한 파도 위에서

저자란 무엇인가

30대 중반 이후로 '○○은 무엇인가'라는 질문에 너무 매달리지 않으려 하는 편이다.

흔히들 그런 질문을 던지면 답은 얻지 못하더라도 해당 주제의 본질에 다가갈 수 있다고 여기는 듯하다. 내 생각은 조금 다르다. 그런 질문들은 오히려 질문자를 엉뚱한 방향으로 이끌기 쉽지 않을까?

○○이 무엇인지를 탐구하다 보면 자연히 ○○은 무엇이 아닌지도 생각하게 된다. 그러다 보면 무엇과 무엇이 아닌 것 사이의 경계로 눈길이 쏠린다. '인간은 무엇인가' 하는 문제를 깊이 고민하다 식물인간도 인간인가, 태아는 임신 몇 개월째부터 인간인가 따위를 놓

고 논쟁을 벌이게 되는 식이다.

그런 논의는 사고실험으로서 흥미롭고, 상식의 허점을 깨닫게 해주기도 한다. 추상의 세계에서 우리가 명확히 규정할 수 있는 게 별로 없다는 사실을 발견하고 겸손해지는 효과도 있다. 그러나 '어떻게 해야 더 인간답게 살 수 있을까'라는 진짜 물음과는 큰 상관이 없지 않나 싶다.

'파란색이란 무엇인가'라는 수수께끼를 풀기 위해 무지개를 놓고 어디서부터 어디까지가 파란색인지 찾으려는 가련한 구도자를 상상해본다. 파란색의 경계를 찾다 실패한 그는 불현듯 깨달음을 얻고, "파란색은 어디에도 없다"든가 "모든 색이 파란색이다"라고 외친다. 그 기발한 발상에 사람들은 감탄해서 박수를 보낸다…… 그러나 정말 필요한 질문은 어떤 염료를 써야 파란색을 제일 잘 낼 수 있느냐 하는 것 아니었을까?

'저자란 무엇인가'라는 질문을 지금 나는 함정처럼 앞에 두고 있다. 저 함정에 빠지지 말아야지, 라고 생각한다. 나는 저자다. 나는 저자들을 안다. 저자가 아닌 사람들도 안다. 그 경계가 흐릿하고, 점점 더 흐릿해져감도 안다. 그 경계에는 괴력난신 같은 저자 담론들이 있고 SNS도 있고 카카오 브런치와 독립출판도 있고 밥 딜런도 있고…… 아, 밥 딜런은 책을 썼던가?

내가 그 경계지대에 관심이 있기는 하다. 문학적 관심은 아니다. '무슨 얘기가 나오나? 어디가 뜨나? 어디가 홍보 효과가 높은가?' 하는 종류의 관심이다. 문학적 관심은 그 반대 방향을 향하며, '무엇'이 아니라 '어떻게'의 형태를 취한다. 이런 질문이다. 어떻게 더욱더 저자가 될 것인가. 어떻게 더 좋은 책을 쓸 것인가.

함정에 빠지지 않고 '저자란 무엇인가'를 쓰기 위해, 나는 여기서부터 이 글 뒷부분을 온통 비유로 버텨보려 한다. 그 '무엇'을 정의 내리거나 규정하지는 않으려 한다.

나는 저자와 독자가 같은 공동체에서 사는 사람들이라고 생각한다. 읽고 쓰는 공동체라고 해도 좋고, 글자 공동체라고 불러도 좋다.

이 공동체는 말하고 듣는 공동체에 비하면 역사가 짧다. 읽고 쓰는 인간은 말하고 듣는 인간과 상당히 다른 사람이고, 글자 공동체도 입말 공동체와는 퍽 다르다(나는 밥 딜런은 입말 공동체에 속한 예술가라고 본다. 내게는 SNS도 읽고 쓰기보다는 말하고 듣기와 닮은 점이 더 많아 보인다).

읽고 쓰기는 말하고 듣기보다 부자연스럽고, 공동체의 역사도 짧다. 말하고 듣기는 땅에서 하는 일, 읽고 쓰기는 물에서 하는 일이라고 비유할 수 있을까? 누구나 수영보다 걷기를 먼저 배운다. 죽을 때까지 수영을 못 하거나 배를 몰지 않는 사람도 많다.

그러나 어떤 사람들은 바닷가에서 태어난다. 입말의 육지와 글자의 바다가 만나는 곳에 있는 항구 마을이다. 이 마을에서 태어난 소년소녀는 비록 발은 땅에 붙이고 있지만 바다를 보며 자란다. 그중 몇몇은 눈이 내륙보다 수평선 쪽을 자주 향하고, 또 몇몇은 바다와 사랑에 빠진다.

왜 그러는지는 모른다. 뱃사람한테는 한 수 접어주는 바닷가 마을 분위기 때문에? 어느 선원의 모험담을 듣고 거기에 홀딱 빠져서? 괜찮은 돈벌이 같아 보여서? 모르겠다. 그냥 바다가 어떤 종류의 인간을 홀리는 것 아닐까? 그래서 누군가는 가족의 만류를 무릅쓰고 바다로 나가 기어이 거기서 빠져 죽고 마는 것 아닐까?

바닷가 마을이니까 작은 나룻배를 탈 기회는 누구에게나 심심찮게 있다. 요즘 그런 조각배에는 칼럼이라든가 포스트라든가 하는 이름이 붙어 있다. 내 경우에 PC통신 동호회의 게시물이 그런 조각배였다. 하루키는 야쿠르트 스왈로스의 타자가 2루타를 치는 걸 보고 바다에 나가야겠다고 결심했다던데, 나로 말할 것 같으면 그런 계시의 순간은 없었다. 어릴 때부터 읽는 걸 좋아하는 소년이었고, 스물 즈음에 PC통신 동호회에서 활동하면서 쓰는 즐거움에 빠지게 됐다.

마을의 보수적인 어른들은, 누군가 나룻배를 몇 번 몰았다고 해서 그를 선장이라든가 뱃사람이라고 부르기는 아직 이르다고 본다. 어느 정도 규모가 있는 동력선을 몰고 바다에 나가 무사히 항구로 돌아오면 그때 선장, 또는 저자라고 불러준다. 그런 배를 단행본이라고 부른다.

이런 보수적인 분위기에 대해 '아무 배나 몰면 그게 선장이지, 무슨 면허를 발급받아야 선장이 되는 거냐'며 냉소하는 시각도 있다. 단행본이라는 기준이 시대에 뒤떨어졌다는 주장도 있고, 그 배를 몰아볼 기회를 어른들이 제한한다는 비판도 있다.

이미 단행본을 몇 권 낸 선장이라서 내 의견이 객관적이라고 주장할 수는 없는 처지인데, 나는 마을 어른들 편이다. 해변에서 조각배를 수천 번 탔다 해도, 원양항해 한 번만 못하다. 안개가 자욱한 망망대해에서 나침반에 의존한 채로 나아가는 막막함을 나룻배 사공이

어찌 알겠는가? 만신창이가 되어 간신히 돌아온 다음 다시 출항할 때의 기분을, 단행본 원고에 도전해본 적이 없는 사람에게 뭐라고 설명해야 하나? 여기에는 어떤 각오와 자의식이 필요하다. 그게 첫 단계다.

처음에는 고참들이 비웃는 얕은 바다에서 선원 생활을 시작한다. 조금만 배가 흔들려도 멀미가 난다. 키와 돛과 밧줄을 다루는 엄격한 규칙들을 배운다. 이때는 뭔가 자기 주관이나 개성을 가지기도 쉽지 않다. 항구 앞바다에는 이미 수천수만 명이 다닌 바닷길이 있고, 또 곳곳에 암초도 있으니 거기에 부딪치지 않는 법을 익히는 게 최우선 과제다.

그 고됨과 지루함을 버티고, 요령을 익히고 나만의 기술이라 할 만한 게 생기고, 그런데도 여전히 바다를 좋아하는 사람은 자기 배를 마련한다. 그리고 마침내 먼 바다로, 대양으로 나아간다.

그즈음에 자기가 어떤 배를 몰 건지 정해야 한다. 나는 여객선을 몰기로 했다. 승객들을 태우고 항해하고 싶다. 승객들이 배 안에서 편안히 지냈으면 하고, 바다 위에서만 느낄 수 있는 즐거움과 놀라움을 만끽했으면 한다. 여객선에도 쾌속선에서 초대형 크루즈까지 여러 종류가 있고, 나는 여객선이라는 분류 안에서 가능한 한 많은 배를 운전해보고 싶다.

어떤 사람은 화물선을 택한다. 대형 컨테이너선이나 유조선으로만 실어 나를 수 있는 특별한 화물이 있다. 어떤 사상이나 주장일 수도 있고, 복잡한 개념이나 놀라운 가설일 수도 있다. 그런 무거운 짐을 지고 가는 배를 설계할 때에는 객실의 안락함보다는 운항 효율을 더 중요하게 고려한다. 선장에게 필요한 기술과 능력도 당연히 다르다.

어떤 사람은 군함을 택한다. 이들은 세상과 전쟁을 벌이려 한다. 군함은 여객선과도 화물선과도 다르다. 크게 흔들리더라도 침몰하지 않아야 하고, 작전 때문에 폭풍 속으로 일부러 들어가야 할 수도 있다. 군함의 선장은 여객선 선장이나 화물선 선장과 완전히 다른 목표를 추구하며, 전혀 다른 훈련을 받는다.

레이싱 요트와 사랑에 빠지는 사람도 있다. 그들은 바람과 파도를 중요하게 생각하며, 그걸 맵시 있게 타려 한다. 짐을 운반하려는 것도, 전투를 치르려는 것도 아닌 배다.

바닷가 선술집에서는 어느 배가 좋은지, 어느 선장이 최고인지를 놓고 격렬한 토론이 벌어지곤 한다. 대개 바다와 배를 잘 모르는 사람들일수록 그런 자리에서 목소리를 높이는 경향이 있다. 술잔이 여러 번 돌면 뜬 금없이 유조선이 디자인이 투박하다는 비난을 듣고 상선 선장이 폭풍우를 피한다는 이유로 겁쟁이라는 중상을 당한다. 불쾌해져서 정반대 견해를 펼치는 이도 있다. 세상에 좋은 배나 훌륭한 선장 따위는 없으며, 선주나 승객의 취향과 만족도가 전부라는 것이다.

물론 그런 술자리 주장들은 대부분 헛소리다. 뱃놈들이라면 다 안다. 탁월한 배와 선장이 있고, 그렇지 않은 배와 선장이 있다. 원양어선과 범선을 비교할 수는 없지만, 컨테이너선 중에서 좋은 배와 나쁜 배가 있고, 요트 선장 중에 훌륭한 이와 미숙한 이가 있다. 모두에게 적용되는 하나의 잣대가 있는 것은 아니지만, 그렇다고 아무런 공적 기준이 없는 영역인 것도 아니다. 간혹 쇄빙선이나 과학탐사선처럼 흔치 않은 배 때문에 헷갈릴 때가 있긴 하지만.

진짜 뱃사람들은 군함과 크루즈 중 어느 배가 더 뛰어난지 따위를 두고 다투지 않는다. 여객선 선장인 나는 고깃배 선장을 우습게 보지 않는다. 나는 때로 우수한 화물선과 뛰어난 요트 선장을 알아보기도 한다.

그리고 실은 은밀하게 동지애로 묶인 선장들의 공

동체가 따로 있다. 우리는 거기서 뱃사람들만 아는 이야기를 한다. 바다 한가운데서 얼마나 외로운지, 배 밑바닥에 물이 차오를 때 얼마나 무서운지, 가장 최근에 배가 뒤집힐 뻔했을 때 어떻게 균형을 잡았는지, 시리도록 맑은 밤하늘 아래 있으면 기분이 어떤지. 기름값이 올라 걱정이라든가 생선회는 지겨워 못 먹겠다든가 하는 얘기를 나누며 서로 어깨를 두드릴 수도 있겠다.

무엇보다 우리는 우리가 다 같이 바다에 빠져 죽을 운명임을 알고 있다. 진짜 바다와 글자의 바다가 결정적으로 다른 점이 이것이다. 글자의 바다는 절망의 바다다. 이 바다는 가도가도 끝이 없다. 우리에게는 최종 도착지가 없다.

인간 구원의 문제에 천착한 대문호가 결국 그 문제를 해결하던가? 그는 자기 자신도 구원하지 못하고 글자의 바다에 빠져 죽었다. 문장의 아름다움은 과연 불멸이던가? 그러면 왜 우리는 고어(古語)를 읽지 못하나. 책이 세상을 바꾼다고? 세상은 사람들이 바꾼다. 사람들은 책 없이도 세상을 바꿀 수 있다.

글자를 다루면 다룰수록 글자로 할 수 없는 일을 명확히 알게 된다. 그럼에도 우리는 글자에 매달린다. 거기에 홀려서. 왜인지도 모르면서.

너도 뱃놈, 나도 뱃놈, 우리 모두 언젠가 이 아름답고 잔인한 파도 아래로 가라앉겠지…… 그런 생각을 할 때 나는 다른 저자들에게 거의 사랑에 가까운 감정을 느낀다.

그렇다면 우리는 도대체 무엇을 하고 있는 것일까? 왜 손에 넣지도 못할 무언가를 위해 자살하듯 바다로 향하는 걸까? 누구는 우리의 항해를 종교나 구도(求道)와 비교하기도 하고, 누구는 숙명이라고 말하기도 한다. 아마 아무도 모를 것이고, 끝까지 모를 것이다.

나는 가끔 바다와 육지가 서로 영토를 넓히기 위해 싸우는 세계를 상상한다. 이 공상에서는 바다와 육지가 진짜 주인공이며, 인간은 그 힘에 휩쓸리는 날벌레 같은 존재다. 육지에는 어마어마한 무의미의 산이 쌓여 있다. 바다는 의미로 그걸 덮으려 한다. 그리고 내가 아는 한에서, 의미는 글자로 이루어져 있다.

(언젠가 우리는 새로운 배를 만들지도 모르겠다. 그 배는 우리보다 훨씬 더 멀리 나아가서, 새로운 글자와 문법을 발견하게 될지도 모르겠다. 그 배 이름은 '알파고-오서'라든가 '알파고-라이터'일지도 모르고, 어쩌면 우리는 새로운 글자를 읽지 못할지도 모른다.)

인간은 그런 무의미와 의미 사이에서 줄타기를 하는 존재다. 어떤 인간들은 목 아래 몸뚱이가 그러지 말라고 저항해도 목 위에 있는, 의미에 홀린 부분이 이끄는 방향으로 향한다. 우리는 그래도 불나방보다는 조금 나은 동물들이라서, 배를 만들고 항해 기술을 발전시킨다. 그렇게 조금 더, 아주 조금만이라도 더, 의미 있는 것을 얻으려 하고 의미 있는 자가 되려 하다가 그만⋯⋯. 그러나 바다는 인간의 운명에 관심을 두지 않는다. 육지의 일부를 그렇게라도 삼켰다고 기뻐할지도 모르겠다.

선장들의 비밀스러운 공동체에서는 그래서, 살기 좋은 섬에 도착했다고 거기에 정착하는 전직 선장들을 높이 평가하지 않는 분위기가 있다. 강연도 사회운동도 육지의 입말 공동체의 문화다. 우리는 그보다는 바다에서, 누구보다 멀리서 침몰하기를 꿈꾼다. 아주 먼 바다에서 익사하는 사람은 멀리서 보면 수평선에 거의 이른 것처럼 보인다.

몇 달 전, 마루야마 겐지가 〈조선일보〉와 인터뷰에서 '목적'에 대한 질문을 받았다. 그는 "궁극의 소설. 이 책 하나만 있으면 다른 소설은 필요 없는"이라고 대답했다. 나는 그 말을 '먼 바다에 나가 빠져 죽겠다'는 이야기로 들었다.

그즈음 정지돈이 〈연합뉴스〉와 인터뷰에서 '이상'에 대한 질문을 받았다. 그는 "걸작을 쓰고 싶다는 것"이라고 대답했다. 나는 그 말도 '먼 바다에 나가 빠져 죽겠다'는 이야기로 들었다.

그렇게 경솔하게들 자기 야심을 드러내다니…… 경쟁자가 얼마나 많은데. 실은 선장들의 은밀한 공동체는 마냥 훈훈하고 연대감이 넘치는 곳만은 아니다. 우리는 거친 뱃사람들이라. 뭍에서 쉽게 맛보지 못하는 고독과 경이를 한번씩 체험하고, '내가 이 짓을 왜 하는 걸까, 이번에는 정말 망했다'는 생각도 꽤 자주 해본 인종들이라.

내가 더 멀리서 죽을 테다.

책 한번 써봅시다

ⓒ 장강명 2020

초판 1쇄 발행 2020년 11월 23일
초판 6쇄 발행 2023년 8월 25일

지은이 장강명
그린이 이내
펴낸이 이상훈
문학팀 최해경 김다인 하상민
마케팅 김한성 조재성 박신영 김효진 김애린 오민정

펴낸곳 (주)한겨레엔 www.hanibook.co.kr
등록 2006년 1월 4일 제313-2006-00003호
주소 서울시 마포구 창전로 70 (신수동) 화수목빌딩 5층
전화 02) 6383-1602~1603 **팩스** 02) 6383-1610
대표메일 munhak@hanibook.co.kr

ISBN 979-11-6040-437-1 03800